www.ingramcontent.com/pod-product-compliance
Lightning Source LLC
Chambersburg PA
CBHW052014170626
46808CB00007B/2915

مجموعه داستان

منیرو روانی پور

به شب‌های زمستان می‌توان تا صبح
سخن از باد و باران گفت
و «تیتر موک»
اگر پاسخ نداد از سال پر برکت
غم دل
می‌توان با ساز قلیان گفت.

منوچهر آتشی

کشتی شکستگان • منیرو روانی‌پور

مجموعه داستان　　　چاپ نخست: آذر ماه ۱۳۹۵ □
روی جلد و صفحه‌بندی: کورش بیگ‌پور □ مدیر تولید: بهار آبادی (مومنی) □
شابک: ۹۷۸-۰-۹۹۷۹۶۳۳-۱-۱ □

این کتاب، مجموعه‌ای از نه داستان است که در دهه هشتاد شمسی نوشته شده و در سال ۱۳۹۰ برای اولین‌بار به شکل کتاب الکترونیکی در سایت نویسنده منتشرشده. از این داستان‌ها: قمری‌ها ـ قلوه‌سنگ‌های کف رودخانه ـ تهران ۲۰۰۶ ـ کنترل از راه دور و کشتی‌شکستگان به انگلیسی ترجمه و منتشر شده‌اند.

داستان کشتی‌شکستگان نیز عنوان منتخب ناشر آمریکایی برای مجموعه داستانی از نویسندگان زن ایرانی است و نیز همین داستان از طرف سردبیر و ویرایشگر مجله World Literature Today (ادبیات امروزجهان) برای انتشار در ویژه‌نامه هنرمندان ایرانی انتخاب شده است...

همه این داستان‌ها سبکی واقع‌گرایانه دارند، به جز کشتی‌شکستگان که به سبک رئالیسم جادویی نوشته شده.

◈ نخستین روز درس ۱
◈ ایستگاه آخر ۱۱
◈ کشتی شکستگان ۳۱
◈ کنترل از راه دور ۴۱
◈ قمری‌ها ۵۱
◈ میلاد ۶۱
◈ تهران ۲۰۰۶ .... ۶۹
◈ زنی جامانده در فرودگاه ۷۹
◈ رودخانه‌ای پر از قلوه سنگ ۸۹

نخستین روز درس

زن جلویی که پا روی رکاب اتوبوس می‌گذارد، زن پسرش را بغل می‌کند و او را با خودش بالا می‌کشد. هنوز صندلیِ خالی هست. می‌نشینند.

«مامان کنار شیشه من.»

پسرک کنار شیشه می‌نشیند تا فاصله خانه ـ مدرسه را به بیرون نگاه کند. ایستگاه به ایستگاه اتوبوس پر و پرتر می‌شود تا وقتی زنان ایستاده میان صندلی‌ها با هر حرکت اتوبوس خم و راست شوند. زنبیل‌ها هنوز خالی است و بچه‌ها کیف به پشت خمیازه می‌کشند. چشمان پسرک اما برق می‌زند. نخستین روز درس است. زنگ ساعت هفت و نیم می‌خورد. پسرک ساعت شش بیدار شده، تمام دفترها و مداد و مداد رنگی‌ها را توی کوله‌پشتی‌اش گذاشته و ساعت شش و نیم حاضر و آماده دم در ایستاده.

«دیرم نشه مامان.»

پسرک خوش دارد به اولین صف سال برسد، به دوستان قدیمی،

همان‌هایی که پارسال کنارش توی نیمکت کلاس اول می‌نشستند. زن دست می‌کشد روی سرِ پسر و اتوبوس یله می‌شود به سمت میدان. مسافران ایستاده وسط صندلی‌ها میله‌های بالای سرشان را محکم می‌گیرند. این‌جور وقت‌ها همدیگر را بغل می‌کنند تا اتوبوس از پیچ میدان بگذرد.

این بار اما اتوبوس، میدان را که دور می‌زند سرها ناگهان برمی‌گردد و راننده نیش ترمزی می‌زند و صدایی بیمار و ترسیده می‌گوید:

«چه بادی تو شلوارش افتاده؟»

گردن می‌کشد.

توی هوا مردی که صورتش پیدا نیست با دستانی بسته از پشت، آویزان جرثقیلی، تکان‌تکان می‌خورد. نیم‌خیز می‌شود رو به پسرک تا شیشه پنجره اتوبوس را بپوشاند. «آخ ببین دفترت رو جا نگذاشته باشی؟»

مادری دیگر کیف کودکش را باز می‌کند و برای لحظه‌ای صدای کشیدن زیپ کیف‌ها در اتوبوس می‌پیچد و بعد صدای کودکان ناراضی:

«مامان چقدر تو کیفم می‌گردی؟»

همه حالا نیم‌خیز شده‌اند تا ببینند.

فریاد مسافری را می‌شنود: حرکت کن آقا.

صدا پر از بغض و التماس است.

راننده به هوش می‌آید و می‌راند. روی صورت مسافران خستگی می‌نشیند. زنانی که ایستاده‌اند میله‌های وسط را محکم‌تر می‌گیرند، با این همه روی صندلی‌ها و مسافران نشسته یله می‌شوند.

اتوبوس توی خیابان می‌پیچد. نفس‌ها رها می‌شود.

پسرک دارد ردیف درختانی را می‌شمارد که هنوز سبز مانده‌اند.

«مامان سیزده تا درخت. درخت کاج.»

دلش می‌خواهد بپرسد روی درخت‌ها پرنده‌ای هم هست؟ نمی‌تواند.

صدا از گلویش بیرون نمی‌آید و یا می‌ترسد باز بشنود:

«مامان داری غصه می‌خوری که صدات گرفته؟»

به ایستگاه مدرسه که می‌رسند همه گُند و سنگین بلند می‌شوند. هیچ‌کس برای پایین آمدن از اتوبوس شتابی ندارد، جز بچه‌ها که دست مادرانشان را می‌گیرند و آنها را به دنبال خود می‌کشند.

بچه‌ها کیف به پشت دست در دست مادران وارد مدرسه می‌شوند. توی حیاط مدرسه صدای بلندگو هوا را می‌خراشد. بچه‌ها به صف... بچه‌ها به صف...

مادرها توی حیاط مدرسه کنار بچه‌ها می‌ایستند و بلندگو داد می‌زند.

«مادرا عقب، مادرا عقب...»

پاها مردد و گُند کمی عقب می‌رود و باز سرِ جای خود برمی‌گردد.

روز روز کلاس‌بندی است. نام‌ها خوانده می‌شود. پسر توی صف سوم می‌ایستد. ناظم چاق و سیاه‌پوش پارسالی پشت بلندگو می‌رود:

«مادرا عقب... بچه‌ها به صف. از جلو نظام...»

بچه‌ها دست روی شانه بچه‌ی جلویی نظام می‌گیرند و ناظم شعار می‌دهد:

«برای حفظ قرآن.»

بچه‌ها جواب می‌دهند:

«آماده‌ایم آماده...»

مشت‌های کوچک تکان می‌خورند گره شده و خشمگین. بچه‌ها پا به زمین می‌کوبند و دشمن را له می‌کنند و بعد با سوتِ زن پشت بلندگو صف‌ها حرکت می‌کند. حیاط که خلوت می‌شود، خدمتکار پارسالی دستش را توی هوا تکان می‌دهد:

«مادرا بیرون...»

هیچ مادری تکان نمی‌خورد. هر کس بهانه‌ای دارد. یکی باید لیوان

پسرکش را بدهد. دیگری آنتی‌بیوتیک بچه‌اش را.

خدمتکار سر تکان می‌دهد.

«بچه‌ها که نرفتن جبهه جنگ، اومدن مدرسه.»

تکان نمی‌خورند:

«به خاطر امنیت بچه‌های خودتون می‌گم، باید در حیاط رو قفل کنیم.»

هیچ‌کس دلش نمی‌خواهد بیرون را ببیند.

«آهای مادرا دارم درو قفل می‌کنم‌ها.»

ناظم می‌آید با خط‌کش توی دست.

«مادرا درِ جلویی بازه...»

ناظم دو دستش را باز می‌کند و آن‌ها را مثل مرغ کیش می‌دهد:

«بیرون... مادرا بیرون.»

زن‌ها هنوز پشت در مدرسه ایستاده‌اند، مُردد و بلاتکلیف. سرانجام برخی پاکج می‌کنند و می‌روند تا از درِ جلویی، به بهانه دیدن کلاس بچه‌ها ـ وارد ساختمان شوند. زن هم می‌رود.

همه توی کلاس‌اند الا بچه‌های کلاس دوم. پسرش را می‌بینند که کنار دیوار ایستاده.

«چرا بیرون ایستادی مامانی؟»

پسرک بند کیفش را جابه‌جا می‌کند:

«خانم معلم گفت برین بیرون.»

سرک می‌کشد توی کلاس. معلم ایستاده است و با چشمان درشت وحشت‌زده به گوشه‌ای از کلاس نگاه می‌کند.

«موش... یه موش به این هوا اومد تو کلاس... رفت تو اون سوراخی.»

زن خم می‌شود و پسرش را در آغوش می‌گیرد.

خانم ناظم چاق و سیاه‌پوش پارسالی خط‌کشش را توی هوا تکان تکان می‌دهد و می‌آید. زن فکر می‌کند همین حالاست که با یک فرمان

تمام موش‌ها را از سوراخ سنبه‌های مدرسه بیرون بکشد...

«موش که ترس نداره بالا تو کلاس...»

پسرک مردد به طرف کلاس می‌رود. تقلا می‌کند لبخند بزند و دستی تکان دهد. در کلاس بسته می‌شود. صدای ناظم را از پشت درِ کلاس می‌شنود:

«هر کس بیرون بره انضباطش صفره.»

زن حرکت می‌کند. از کنار کلاس‌ها که رد می‌شود پوسترهای جنگ را می‌بیند و شعارهای روی دیوار را می‌خواند:

«می‌کشم، می‌کشم آن که برادرم کشت. مرگ بر اسراییل... مرگ بر آمریکا...»

و صدای بچه‌ها در ذهنش می‌پیچد... آماده‌ایم... آماده...

از مدرسه بیرون می‌آید. توی ایستگاه اتوبوس می‌ایستد و دایم به آسمان نگاه می‌کند. بالای سیم برق‌ها هیچ‌کس آویزان نیست... نفس بلندی می‌کشد و اتوبوس از راه می‌رسد.

نمی‌داند چرا خیال می‌کند مرد آویزان از جرثقیل کوله‌پشتی داشته. تصویر را ثانیه به ثانیه برای خودش رنگ می‌کند، هاشور می‌زند، سیاه و سفید می‌کند تا سر در بیاورد که توی کوله‌پشتی مرد چه می‌توانسته بوده باشد. فکر می‌کند حتماً پر از مدادرنگی بوده و دو تا دفتر بی‌خط برای نقاشی و یک پاک‌کن که بتواند رنگ‌های درهم شده را راحت پاک کند... و مدادتراش... و لیوانی برای نوشیدن آب... **مامان لیوانم نباید شیشه‌ای باشه می‌شکنه.**

و سرانجام در ایستگاه سوم پیاده می‌شود.

جرثقیل آرام آرام مرد را پایین می‌آورد. آدم‌ها ایستاده‌اند ساکت و نگران. انگار می‌ترسند مرد به زمین بیفتد و دست و پایش بشکند. پیرمردی چشم به آسمان دارد و سرش با حرکت اهرم جرثقیل پایین می‌آید. جوانی که کنار پیرمرد ایستاده می‌گوید:

«بیا برویم خودشان او را می‌برند.»

«صبر کن... کاری ندارم فقط یک دفعه دیگه...»

و حرفش را می‌خورد. نمی‌تواند حرف بزند. جوان سر تکان می‌دهد. زن سیبک گلوی جوان را می‌بیند که بالا و پایین می‌رود.

اهرم جرثقیل پایین می‌آید. به زمین نزدیک می‌شود و مرد آویزان محکم به زمین می‌خورد. پیرمرد خیز برمی‌دارد به طرف جوان معدوم و صدای آخ از توی گلویش بلند می‌شود.

«کجا پدر... قدغنه.»

صدای مأمور را زن هم می‌شنود.

صورت پیرمرد جمع می‌شود به التماس.

«آقا... بچه‌ام.»

و باز نمی‌تواند حرف بزند. همان‌جا می‌ایستد، انگار مجسمه. دو تا مأمور دست و پای جوان معدوم را می‌گیرند و او را مثل لاشه گوسفند پشت وانت‌باری که ایستاده می‌اندازند.

«می‌توانی بیایی بهشت زهرا...»

پیرمرد می‌گوید:

«خیر ببینی برادر...»

پیرمرد سر می‌چرخاند رو به جمعیت. نگاهش خالی است.

زن که حالا فهمیده هیچ چیز توی دستان مرد جوان نبوده، پا کج می‌کند زنبیل به دست و زنان دیگر را می‌بیند که پراکنده می‌شوند.

بازار تره‌بار دیگر باز شده. باید برود. به ساعتش نگاه می‌کند. هشت‌ونیم است. می‌ایستد توی ایستگاه اتوبوس. تا بازار تره‌بار دو ایستگاه بیشتر نیست، اما نای راه رفتن ندارد. زن‌های دیگر هم می‌آیند با پاهای بی‌رمقی که به سختی با خود می‌کشند. جرثقیل عقب جلو می‌کند. جثه سنگینی دارد مثل یک جانور ماقبل تاریخ. از خودش می‌پرسد: چطوری منقرض شدند دایناسورها، چطوری از روی زمین رفتند؟

سرخ... سبز... نارنجی.

روی میوه‌ها دست می‌کشد.

مرد فروشنده می‌گوید:

«خانم سوا نکن.»

دستش را عقب می‌کشد.

«سوا نمی‌کنم.»

می‌خواهد بگوید دست می‌کشم تا سرخی و سبزی و نارنجی‌اش را حس کنم اما نمی‌تواند. زنان دیگر نگاهش می‌کنند و بعد زُل می‌زنند به میوه‌ها و سبزی‌ها که تروتازه است. نگاهشان پُر از حسرت است. می‌گوید:

«آقا سه کیلو از سبز، سه کیلو از زرد، سه کیلو از نارنجی.»

و به میوه‌ها اشاره می‌کند. سیبی برمی‌دارد روی گونه‌اش می‌گذارد. نفس می‌کشد. زنان دیگر پشت سرش ایستاده‌اند و سبزی‌های تازه هوا را خنک می‌کنند. نفس می‌کشد. نفسی بلند و عمیق:

«یک کیلو نعناع، یک کیلو ریحان، اصلاً از تمام سبزی‌ها یک کیلو.»

سیب‌های سرخ و سفید، ساقه‌های تُرد و تازه‌ی کرفس... بوی کرفس... می‌خواهد بگوید بی‌خیال خانم‌ها بیاین غلت بزنیم رو سیب‌ها، سبزی‌ها. اما سیب‌ها و سبزی‌ها از کوله‌پشتی مرد جوان می‌ریزند روی زمین نه وقتی به زمین می‌خورد... از همان‌جا از بالای جرثقیل...

وقتی دست دراز می‌کند تا کیسه‌های گوجه و خیار را بردارد زن کناریش می‌گوید:

«بچه شما هم افتاده توی کلاس بچه‌ی من.»

می‌خندد. زن دوباره می‌گوید:

«تو همون کلاسی که موش توش پریده بود.»

موش... زن‌ها انگار منتظرند تا موشی وسط بپرد و حرف بزنند تا مجبور نباشند از چیز دیگری بگویند و یا حرف دیگری بشنوند.

چشمانشان برق می‌زند. همه خیلی وقت است که موشی را در گوشه و کنار شهر دیده‌اند.

«به این هوا بود، اندازه یه گربه.»

«من سفیدیش رو دیدم.»

«اونی که من دیدم قهوه‌ای بود و یه دُم داشت این‌قدر.»

حالا تمام زنان تره‌بار از موش‌هایی که دیده‌اند حرف می‌زنند و نخودی می‌خندند. زن می‌گوید:

«خب، موش زیاد هم خوب نیست.»

صداها را می‌شنود.

«درسته اصلاً خوب نیست.»

می‌گوید:

«مخصوصاً توی مدرسه.»

می‌گویند:

«مخصوصاً توی مدرسه.»

می‌گوید:

«اگر...»

و بحث بر سر این می‌شود که چطور باید با موش‌ها مبارزه کنند و چه نوع سمی بخرند تا دخلشان را در بیاورند...

توی خانه پسرک می‌گوید:

«مامان خانم معلم خُله.»

زن می‌پرسد:

«چطور؟»

پسر دفتر مشقش را نشان می‌دهد:

«ببین برامون یعنی گربه کشیده و گفته از رو این ده صفحه نقاشی کنیم.»

مامان نقشه را می‌بیند، نقشه ایران. پسر می‌گوید:

«تورو خدا مامان این کجاش شکل گربه است؟»

مامان حرفی نمی‌زند.

پسرک می‌گوید:

«برای همه ما یکی یه دونه کشید و همین‌جور می‌گفت این گربه آخرش همه موشا را می‌خوره.»

زن فکر می‌کند:

«دایناسورها چی... یه گربه با این همه دایناسور چکار می‌تونه بکنه... یه گربه.»

نگارش اول: مهرماه ۱۳۸۲

بازنویسی نهایی: هندرسن ۲۰۱۲

ایستگاه آخر

فکر کرده که در غوغای فوتبال و انتخابات می‌تواند راحت وارد کشور شود. فکر کرده که در چنین روزهایی حراست فرودگاه هم دل‌مشغول است و به هیچ‌کس گیر نمی‌دهد. و این که شاید هیچ‌کس او را لو نداده، هیچ‌کس او را آن سال‌ها نمی‌شناخته و به یاد می‌آورد که پدر گفته:

«بی‌خبر رفتی بابا.»

و با همین جمله بود که فهمید به سراغش آمده‌اند با این جمله و جمله‌های بعد:

«سربازی که ترس نداشت، دررفتن نداشت.»

پس پدر گفته که از ترس سربازی گریخته. پس بازجویی شده:

«اذیت شدی بابا؟»

«نه. چه اذیتی؟ دو سه تا سؤال ساده بود. از اداره نظام‌وظیفه آمده بودند مثل خودت جوان و ساده بودند. خانه را که گشتند، رفتند. خودت باید بدانی که اگر همه از زیر خدمت در بروند آن هم این موقع

جنگ، چه بر سر مملکت می‌آید.»

و یک سال بعد:

«آنجا دیگر دنبال درس و مشقت باش، امیدوارم فهمیده باشی که همه چیز بازی است و آدم نباید گوشت دم توپ بشود.»

روی صفحه تلویزیون هواپیما، تبریز را که می‌بیند جا می‌خورد. فلش سبز به تبریز نزدیک شده، دیگر بازگشتی در کار نیست. نمی‌تواند در هیچ ایستگاهی پیاده شود و بگریزد. ایستگاهی در کار نیست الا ایستگاه آخر. سر می‌چرخاند. پنجره‌ها و درهای بسته. مسافران خواب‌آلود که کم‌کم بیدار می‌شوند. نه، دست و پا به زنجیر این هواپیماست تا خودِ تهران. خودش را وسط معرکه انداخته، وسط معرکه‌ای که نمی‌تواند از آن بگریزد. مثل او شده، مثل او که در چهارراه داس و چکش با یک بغل اعلامیه دستگیر شد. نمی‌خواست خودش را از تک و تا بیندازد. نمی‌خواست جلوی او که کمی دورتر نگاهش می‌کرد ترس خود را نشان دهد. لبخند محوش را به یاد دارد. نه چاره‌ای نیست فقط یک لبخند تلخ و خسته می‌ماند روی لب تمام کسانی که عاقبت دستگیر می‌شوند.

پوزخند می‌زند به خودش که بعد از بیست و دو سال توی تله افتاده. تله‌ای که آشنا و ناآشناست.

میهماندار زیبای پاریسی چرخ عطرها و زیورآلاتش را پیش می‌برد. اینجا و آنجا گردن می‌کشد تا قیمت عطری را به مسافری بگوید. زنی که روی یکی از صندلی‌های ردیف وسط نشسته روسریش را گم کرده و توی لیست اجناس هواپیما به دنبال روسری می‌گردد. پنجاه یورو. یعنی می‌دهد؟ دلش می‌خواهد از زن بپرسد بعد از چند سال؟ زن لبخند می‌زند: پانزده سال. می‌گوید من تقریباً بیست و دو سال. زن به نقش و نگار روسریش دست می‌کشد، بعد آن را روی سرش امتحان

می‌کند. جوانی از روی صندلی‌اش بلند می‌شود و عطر می‌خواهد. جوان با انگلیسی دست و پا شکسته‌ای می‌گوید: قیمتش مهم نیست. میهماندار لبخند می‌زند. لیست عطرها را به او نشان می‌دهد. جوان به یکی از آن‌ها اشاره می‌کند. زن میهماندار عطر شانل را به او می‌دهد و جوان بو می‌کند. چشمانش را می‌بندد، لبخند می‌زند و صد یورو به میهماندار می‌دهد. میهماندار به دنبال پس دادن باقی پول در کیفش می‌گردد و او نگاه می‌کند به جعبه‌های زیبای عطر. زن لیست عطرها را نشانش می‌دهد. کدام یکی بوی گل نسترن می‌دهد؟ میهماندار نمی‌داند و نمی‌تواند در تمام عطرها را باز کند. مرد لیست را روی چرخ می‌گذارد، روی می‌گرداند و خیره می‌شود به تاریکی پشت پنجره هواپیما. گاهی آن پایین کورسوی نوری؛ باید روستاهای مرزی باشند. از همین راه بود که خودش را به ترکیه رساند. چه غوغایی بود از کسانی که می‌گریختند و آن‌ها که در میانه راه ماندند، یخ زدند... یخ‌زدگان... پرت‌شدگان از کوه... غارت‌شدگان...

توی صندلی‌اش جابه‌جا می‌شود. پنج شاخه انگشت سُر می‌خورد روی پیشانی تا برسد به موهای تُنک شده. نه نباید به خاطرات دامن بزند. این نقاط نورانی روستاهای مرزی نیستند. دهات میان تبریز و تهران‌اند و یا شهرها. میان تبریز و تهران چه شهرهایی بود؟

فرسوده از فکر و تاریکی به سرمیهماندار اشاره می‌کند. زن جلو می‌آید و خم می‌شود. روی صندلی او. موها شلال گونه‌هایش را می‌پوشاند. زن با انگشت سفید و بلندش موها را پشت گوش مرتب می‌کند.

Cafee please

رنگ چشمانش آبی است. چشمان بیشتر آنها آبی است. لبخند می‌زند و دور می‌شود. فکر می‌کند چطور نتوانسته این همه سال با یکی از آنها... فکر می‌کند مثل ماهی سرد و یخ‌زده‌اند. فکر می‌کند نه این

بی‌انصافی است. جنس مهربانی‌شان فرق می‌کند. پس پشت مهربانی آنها تاریخی نیست. حکایتی، افسانه‌ای، همانی هستند که هستند. در کوچه پس‌کوچه‌های زمان دنبال یک صدا گشته‌ای، دنبال حرکت دستی؛ خش صدایی، صدای گرفته دخترکی وگرنه آنجا به تو پناه داده‌اند. حالا خانه و کاشانه‌ای داری و کار و زندگی. زندگی؟ می‌تواند، آیا می‌تواند به تمام این چیزهایی که دارد نام زندگی بدهد؟ خانه‌ای که دارد. رستورانی که دارد و تابلوهای نقاشی‌اش که همه این سال‌ها کشیده است و کشیده است تا به این‌جا برسد که تمام این چیزها زندگی نیست. اما با داشتن همین چیزها بوده که توانسته فکر کند این زندگی نیست. همین آغوش انسانی بوده که مجال داده تا، تا نتواند آن خیابان را فراموش کند. فقط همان خیابان است یا...

رأس ساعت چهار سرِ چهارراه مصدق...

لیوان قهوه را می‌گیرد و باز به تاریکی زل می‌زند. هنوز نمی‌داند آن تصویر، آن آخرین تصویر واقعی است یا ساخته تنهایی و غربت؟ نمی‌داند. اما یقین دارد که از چهارراه داس و چکش تا میدان مصدق با هم پیاده رفته‌اند و بعد کج کرده‌اند به طرف چهارراه مصدق. همان‌جا بود که داد کشید یا نکشید که «در رو» و همان روز بود، آخرین روز که نگفت می‌خواهد برود. می‌خواهد مخفیانه از راه اتحاد جماهیر شوروی یا ترکیه خودش را برساند به جهانی دیگر، جهانی آزاد...

چرا نگفتی؟ چرا؟

لطفاً کمربندهایتان را محکم ببندید و به علامت نکشیدن سیگار توجه کنید.

سر می‌چرخاند و نگاه می‌کند به علامت روشن کمربند بسته شده و ضربدری که روی سیگار کشیده شده. نه هیچ جوری نمی‌توانی این نخ سیگار را از زیر ضربدر برداری.

آه می‌کشد.

مسافران چسبیده به صندلی‌ها، غرق در افکار دور و دراز خود ساکت نشسته‌اند. هواپیما ارتفاع کم می‌کند و سرعت. مانیتور تلویزیون خاموش می‌شود. صدای هواپیما توی گوشش می‌پیچد. گوش‌ها ورم می‌کنند. هیچ صدایی دیگر نمی‌شنود.

تا چند لحظه دیگر در فرودگاه مهرآباد...

هواپیما مثل زنی آغوش گشوده بالای شهر می‌چرخد، دور می‌زند، روی بال‌هایش کج و راست می‌شود و زمین آرام بالا می‌آید... چراغ‌ها... خانه‌ها و خیابان‌ها... به تهران رسیده‌ایم؟

و سرانجام هواپیما می‌نشیند. روی همان خاکی که سال‌ها پیش از آن گریخته. مسافران شتاب‌زده از کشوهای بالای صندلی ساک دستی‌هایشان را بیرون می‌کشند. زن‌ها آرایش خود را پاک می‌کنند. روسری‌ها را محکم زیر گلو گره می‌زنند و تا چشم باز می‌کند همه ایستاده‌اند.

گُند و خسته ساک دستی‌اش را برمی‌دارد. کاپشنش را توی دست می‌گیرد و می‌ایستد تا صف مسافران عجول حرکت کند. کنار در سرمیهماندار سر تکان می‌دهد و از توی بلندگو، خلبان برای همه اوقات خوشی را آرزو می‌کند.

بالای پلکان که می‌رسد گرمای خرداد مانند نفس اژدهایی گرسنه تخت‌سینه‌اش می‌زند. آسمان خفه و ابریست. از پشت سر مسافران هلش می‌دهند. خیس عرق تا برسد به پایین پله‌ها پلیورش را از تن می‌کَند و با تک‌پوشی آستین کوتاه راه می‌افتد. مردانی با آستین‌های کوتاه به سوی اتوبوس می‌دوند. گُند می‌رود. دلش می‌خواهد جا بماند. تند می‌رود. دلش می‌خواهد شهر روزهای جوانی‌اش را ببیند و می‌رسد سرانجام به اتوبوسی که پُر از مسافر است. حلقه بالای سرش را محکم می‌گیرد و با حرکت اتوبوس چپیده میان مسافران کج و راست می‌شود.

توی صف گذرنامه، دیگر به هیچ خیابانی فکر نمی‌کند، راه می‌دهد به نفر پشتی تا برود. سر می‌چرخاند، راه دررویی نیست. تمام درها بسته. در اتاق‌هایی که حتماً مسافران مشکوک را در آن نگه می‌دارند.

نگاه نمی‌کند به درهای بسته، به راهی نگاه می‌کند که به جانب شهر می‌رود و دری که به جانب آشیانه هواپیماها. شاید در آخرین لحظه می‌توانست به سرمیهماندار بگوید که نمی‌خواهد پیاده شود، که می‌ترسد پیاده شود. اما اگر هیچ اتفاقی نیفتد چی؟ نمی‌افتد... می‌افتد... نمی‌دانند... می‌دانند... باور می‌کنند... نه، باور نمی‌کنند. بگذار این یکی هم برود. این‌جور که ایستاده‌ای و راه می‌دهی به مسافران شک می‌کنند، نمی‌کنند؟

سینه صاف می‌کند، دل به دریا می‌زند، تقلا می‌کند تا استوار روی پاهایش بایستد. توی دو تا صف دیگر، مسافران تند تند گذرنامه‌هایشان را می‌دهند و می‌روند. حالا وانمود می‌کند که منتظر کسی است، گردن می‌کشد و به نفر بعدی راه می‌دهد اما تا کی می‌توانی همین‌جا بمانی؟

عرق از شقیقه‌ها شره می‌کند. نفس تنگ می‌شود. فکر می‌کند خوب که آشنایی این دوروبر نیست. فکر می‌کند رنگم حتماً پریده. و این دست‌ها، دست‌های لرزان. دست‌ها زیر پلیور پنهان می‌شوند. عاجز است. عاجز. از ترس ناخواسته‌ای که به جانش افتاده... آخر چه کار می‌توانند با تو بکنند؟ بیست و دو سال زندگی کرده‌ای. سراسر اروپا را گشته‌ای... کم نیست... نه کم است. حالا دلش می‌خواهد یک بار دیگر، فقط یک بار دیگر توی خیابان‌های پاریس قدم بزند و توی کافه‌ای قهوه‌ای بنوشد؟ کنار رود سن بایستد و گذر کشتی‌های تفریحی را ببیند و انعکاس زرینه‌های خورشید را بر تارک طلایی کلیسای گوتیک. ای وای، همهمه شاد مسافران کشتی‌های تفریحی کجا و چهره‌های خسته و فرسوده این مسافران...

اما تو، تو یک شهروند فرانسوی هستی، نیستی؟

دستان یخ‌زده‌اش را به هم می‌مالد و برای ثانیه‌ای حسی از زندگی او را سرِ شوق می‌آورد و لحظه‌ای دیگر استیصالی سمج گریبانش را می‌گیرد.

اصلاً خیال کن در همان بیست سالگی تو را گرفته‌اند. خیال کن تو هم با علی رفته‌ای. خیال کن ناگهان رد نگاه او را گرفته‌اند و تو را یافته‌اند.

نه؛ تلخ و گنگ و سخت است همه چیز.

زنی که توی هواپیما روسری خریده توی صف کناری گذرنامه‌اش را به مأمور پشت باجه می‌دهد. لحظه‌ای بعد گذرنامه مهر می‌خورد و زن انگار پرواز می‌کند. روسری از سرش سُر می‌خورد، آن را بالا می‌کشد و می‌رود.

نه حتماً هیچ اتفاقی نخواهد افتاد. می‌تواند توضیح بدهد. می‌تواند بگوید چرا بدون گذرنامه رفته. نباید به حرف دوستانی گوش می‌داد که می‌گفتند برو، برو حالا دیگر مثل سابق نیست.

مثل سابق نبود. زنی که با چادر سیاه پشت باجه بازرسی گذرنامه نشسته، گذرنامه‌اش را می‌گیرد. نگاهی به او، نگاهی به گذرنامه مشخصات را وارد کامپیوتر می‌کند و به مانیتور زل می‌زند و تا بگوید خوش آمدید تک‌پوشش خیس عرق شده. بار هزار کیلویی از روی شانه‌اش به پایین قل می‌خورد. سبک می‌شود، به پهنای صورتش می‌خندد و گذرنامه‌اش را می‌گیرد. قند توی دلش آب می‌شود و حالا می‌تواند پا روی پله‌برقی بگذارد.

سبک بالا می‌رود. می‌رود به سوی گذشته؛ گذشته‌ای که وحشت‌زده آن را رها کرده. می‌رود به چهارراه داس و چکش، به بلوار الیزابت و چمن‌های همیشه خیسش، به پارکی که همان نزدیکی‌ها بود. اسمش؟

راستی اسمش چه بود؟ بید مجنون‌های غریبی داشت. یک بار فقط یک بار با هم زیر یکی از این بید مجنون‌ها نشستند. دخترک شاخه‌ای گرفت نزدیک لبانش برد و ناگهان انگار ترسیده باشد آن را رها کرد.

مسافرانی که می‌روند و می‌آیند. ریل مخصوص چمدان‌ها که می‌چرخد و می‌چرخد. زنی که روسریش را گم کرده بود، چمدانش را برمی‌دارد. چهارچرخه‌ها با کارگرهای یونیفرم‌پوش مسافران را دوره می‌کنند. زن چمدانش را می‌گذارد روی چهارچرخه‌ای و باز منتظر می‌ماند. دومین و سومین چمدان هم می‌رسد. زن لبخندزنان پشت سر کارگری که دوچرخه را به زور به جلو می‌کشد راه میافتد و سرانجام چمدان کوچک او هم از دور روی ریل چرخان می‌آید. برش می‌دارد. شتاب‌زده و به سوی در خروجی می‌رود.

پشت شیشه زنی شبیه خواهرش، که اشک چشمانش را پاک می‌کند برای او دست تکان می‌دهد. کنارش نوجوانی که گردن می‌کشد. باید هامون باشد، پسرک چهارده ساله و آن مرد را هم می‌شناسد. عکس‌هایش را نسرین فرستاده. مثل جنگلی تُنک شده حالا می‌تواند تعداد افراد فامیلش را بشمارد. پدر و مادر و... رفته‌اند. بیست و دو سال وقت بود که یکی‌یکی سر بر زمین بگذارند و با آخرین حسرت‌هایشان بروند.

«و مادر نمی‌دانی با هر صدای در چه گردنی می‌کشید، وقتی حتی سر جا افتاده بود و پدر تمام مدت ترسش این بود که بیایی و مثل علی...»

دلش نمی‌خواهد از علی بشنود اما دوست دارد آخرین لحظه‌های مادر را ببیند. می‌خواهد بداند که فروغ چشمان فندقی‌اش را هنوز داشته و عکس‌ها هیچ نشان نمی‌دهند.

بعد از علی با خودش شروع کرد به حرف زدن و تو تاریکی نشستن.

«حالا توی این آپارتمان زندگی می‌کنیم داداشی و این برج که می‌بینی همان خانه درندشت قدیمی است. مجبور شدیم که زمین‌اش

را بفروشیم در ازای دوتا آپارتمان و کمی پول. پول‌ها صرف دوا و درمان شد.»

خسته است، خسته راه، خسته فکرهایی که می‌کند و یا خسته چیزهایی که می‌بیند و می‌شنود. نه چیزی از توی همان فرودگاه توانش را گرفته؛ کراوات شوهرخواهرش شاید که آن را ناشیانه بسته بود. امریکا امریکا گفتن پسرخواهرش شاید، که با صدای خش‌دار پسری تازه بالغ شده حرف خودش را می‌زند و گوش نمی‌دهد به او که می‌گوید: «امریکا نه دایی؛ فرانسه» و یا غوغای راننده‌های تاکسی که مسافران را از دست یکدیگر می‌قاپیدند. نه رنگ موی خواهرش هم بود، موهای بوری که زیر روسری می‌خواست خودش را با استیصال به همه نشان دهد و حرف‌هایی که می‌زند. نمی‌خواهد بشنود پول خانه چه شد؟ این آپارتمان چقدر قیمت دارد، نمی‌خواهد قیمت اصلی هر چیز را بداند و قیمت بعدیش را.

هومن از خواب بیدار می‌شود تا با هامون سوغاتی‌ها را بکشند بیرون. آن که کوچک‌تر است سی‌دی‌هایش را نشان می‌دهد. ترمینیتور، گودزیلا و آنکه چهارده ساله است خرج سفرش را حساب می‌کند و از میلیون می‌گوید و از ماشینی می‌پرسد که در آنجا سوار می‌شود:

«دایی یعنی هیچ عکسی از خانه‌ات، ماشین‌ات و یا دوست دخترت نداری، هیچی؟»

نه قراری نیست و این خانواده خانواده او نیست و این زن با خواهرش چه نسبتی دارد؟ با آن دخترکی که می‌شناخت، دخترکی که پشت به مادر می‌نشست تا او گیسوان سیاه و بلندش را ببافد. چقدر همه چیز دور شده، آنقدر دور که با هیچ ترفندی حتی در ذهن نمی‌تواند این زن چاق و تپل و جاافتاده را سرِ جای آن یکی بنشاند.

زن جاافتاده که روزگاری خواهر او بوده و حالا به سختی می‌تواند صدایش بزند نسرین؛ درختان جنگل تنک را دور هم جمع می‌کند.

میهمانی می‌دهد و میهمانی می‌روند تا او فرصت نکند به جایی برود که همیشه و طی این سال‌ها کابوس هر شبه‌اش بوده.

اینجا اما کابوس رهایش می‌کند، از خستگی است و یا نزدیکی؟ یعنی می‌تواند بعد از این همه سال او را ببیند؟ دخترک شهرستانی وحشی که همه را به یاد گل نسترن می‌انداخت. همه را؟ می‌توانی بگویی این همه چه کسانی بودند؟ اصلاً گل نسترن چه شکلی بود، چه بویی داشت؟

فقط یک بار به خانه آنها رفته بود تا دسته‌ای روزنامه بر ترک موتورش بگذارد و بیاید سرِ چهارراه.

«تو هم می‌توانی سوار شوی نرگس.»

نرگس بود یا نسترن؟

و راستی این اسم خودش بود یا اسم سازمانی‌اش؟ سوار نشد و هیچ وقت سوار نمی‌شد. حتی روزی که فریاد کشید: «بپر رو موتور دارن میان.» اصلاً با موتور رفته بود یا پیاده؟ رفته بود تا به او نگوید که این آخرین دیدار است، که علی، برادر کوچیکه سه روز است گم شده، که قرار است شبانه از این شهر، که مثل جادوگری دندان تیز کرده بود تا جوان‌های خودش را تکه پاره کند، بگریزد. در آخرین لحظه برگشته بود و نگاه کرده بود. یعنی باید به خانواده‌اش خبر می‌داد؟

جابه‌جا می‌شود. توی رختخوابی که خواهرش توی بالکن کوچک آپارتمان پهن کرده و از تُنگ آبی که شوهرخواهرش بالای سرش گذاشته می‌نوشد و تکیه به دیوار در طبقه دهم برج می‌نشیند تا ماهی یا آسمانی ببیند. نه؛ نشانی از آسمان قدیمی نیست و ماهی که نقشش توی حوض می‌افتاد. از چه کسی می‌تواند سراغ گذشته‌اش را بگیرد؟

شماره مورد نظر در شبکه موجود نمی‌باشد.

شماره‌ها حالا هفت رقمی است و این شماره پنج رقمی اگر فراموشش می‌شد شاید دیگر می‌توانست نفسی به راحتی بکشد

و بگوید کل ماجرا رویایی بیش نبوده. بوی گل نسترن و دست‌های مهتابی و چشمان سبزی که هیچ وقت مستقیم نگاهش نمی‌کرد. نه آخرین بار وقتی سوار پاترول می‌شد، اصلاً پاترول بود یا پیکان؟ دید که برگشته و نگاهش می‌کند و خط سبز این نگاه تا به او رسیده بود همیشه این را هم در خواب دیده، در خواب و بیداری، انگار دخترک با نگاهش جاده‌ای سبز و مه‌آلود ساخته بود. جاده‌ای که در ابتدایش هر دو ایستاده بودند. جاده‌ای بدون پاترول، بدون چهارراه داس و چکش.

اگر آن کتاب را نخوانده بود، آن کتاب که زندانیان سیاسی از خاطرات خود می‌گفتند شاید به کابوس‌های شبانه‌ای تن می‌داد و دیگر به این سرزمین بازنمی‌گشت، اما:

«توی بند ما دختری بود زیبا که یک شب گفت خیال می‌کنم چشم سبزم کار دستم داده و از فردا او را ندیدیم.»

حتی تماس گرفته بود با ناشر و نویسنده آن خاطرات اما نویسنده نام دخترک را فراموش کرده بود و گفته بود گونه‌های استخوانی برجسته‌ای داشت و رنگی مهتابی.«یادتان هست دست‌هاش؟»

«باریک، کشیده، کودکانه.»

خیلی بیشتر از آن چشمان سبز دست‌هایش را دیده بود. دست‌هایی که روزنامه‌ها را یکی یکی تا می‌کرد و یا اعلامیه‌ها را دسته دسته جدا توی کیفش می‌گذاشت.

دراز می‌کشید، دوباره تا فردا در غوغای مسابقه فوتبال که جنگل تُنک شده روبه‌روی تلویزیون می‌نشیند. به خیابان بزند و همان جاهایی را که با او روزنامه فروخته و روی در و دیوارها اعلامیه چسبانده، ببیند.

«ای وای، دادشی پس تو نمی‌خواهی فوتبال نگاه کنی؟»

نه نمی‌خواهد. می‌خواهد از خلوت شهر استفاده کند و گشتی بزند:

«پس این موبایل را داشته باش که اگر گم شدی...»

هم‌پای هیجان گوینده و هیاهوی تماشاگران فوتبال از خانه بیرون می‌زند. جای سبزی‌فروش سرِ کوچه مغازه دونبش زیبایی است که پیتزا می‌فروشد. توی مغازه فروشنده زل زده است به تلویزیون روی دیوار و هیچ اعتنایی به او ندارد که ایستاده است و تقلا می‌کند که سبزی‌فروش قدیمی را در ذهن خود پیدا کند.

کودکی و نوجوانی‌اش میان دسته‌های نعناع و ریحان سر بر می‌کشد. دستی کودکانه دامن مادر را گرفته و تا سبزی‌فروش ترخون و شنبلیله تازه را در ترازو بگذارد و بگوید یک قران، دزدانه چشمی به داخل دخل مرد می‌اندازد و خاموش حساب می‌کند که با همه این پول تمام نخود کشمش‌های دنیا را می‌تواند یکراست در جیبش خالی کند.

خانه همیشه بوی سبزی می‌داد، بوی سبز سبزی. و هندوانه قاچ شده در بساط سبزی‌فروش، زنبیل مادر را سنگین‌تر می‌کرد تا او در نوجوانی‌اش دسته زنبیل را بگیرد و کشان‌کشان از کناره جوی باریکی که از دکان سبزی‌فروش می‌گذشت و سرخوش و سرخود وارد حیاط درندشت خانه‌شان می‌شد بگذرد و هندوانه‌ها را توی حوض قل دهد.

پیتزافروش سیگار پشت سیگار دود می‌کند. روی صندلی نیم‌خیز می‌شود، می‌نشیند، آه می‌کشد. دستش را تکان می‌دهد و او را نمی‌بیند و او میان خاطرات تلنبار شده و دور خود، تقلا می‌کند خود را به خیابان بکشاند.

این همان تهران دیروز و پریروز است؟

توی خیابان هیچ دیاری نیست. شهر پر از هراس باخت روبه‌روی تلویزیون نشسته است و به ساق‌های جوان بازیکنان خود دخیل بسته است.

بی‌اعتنا به پوسترهای تبلیغاتی انتخابات روی دیوار گردن می‌کشد به چپ و راست در انتظار تاکسی. اما فقط آدم‌های توی پوسترها به

او نگاه می‌کنند. خیال می‌کند بعضی از آنها به او پوزخند می‌زنند. به‌خصوص آن یکی که سوار بر هواپیما ژست گرفته. نه باید برگردد خانه و از هامون دوچرخه‌اش را بگیرد و رکاب‌زنان به دنبال گذشته برود.

به طرف شمال باید برود یا جنوب؟ هامون گفته بود «چی؟ میدان مجسمه» و خندیده بود و بعد: «مامان بیا ببین دایی چی می‌گه. شاهرضا؟ شاهرضا یه شهره دایی نه یه خیابون.»

خیلی وقت است که می‌داند نام خیابان‌ها و میدان‌ها عوض شده، اما خاطرات با نام‌های قدیمی گره خورده‌اند و زبانش یک‌ریز سر به دنبال خاطرات طغیان می‌کند.

نسرین از آشپزخانه بیرون می‌آید تا به هامون بگوید که میدان انقلاب، میدان مجسمه بوده و خیابان انقلاب، خیابان شاهرضا.

هامون پشت کامپیوتر می‌نشیند و بی‌اعتنا به حرف‌های مادر بازی می‌کند. علی هم‌سن و سال هامون بود، نبود؟ شاید یکی دو سال بیشتر وقتی او را گرفتند. هنوز... هنوز اسم کوچه‌ها و خیابان‌ها عوض نشده بود. فقط تابلوها را خط می‌زدند و یا با رنگ نام جدیدش را روی دیوار می‌نوشتند.

سرِ چهارراه داس و چکش بود که اولین بار او را دید یا بلوار الیزابت؟ «حالا بلوار کشاورز است داداشی و خیابان امیرآباد، خیابان کارگر.»

رکاب می‌زند و سرازیری شهر را پایین می‌آید. به دنبال نشانه‌های آشنا گردن می‌کشد، چپ و راست نگاه می‌کند. بی‌فایده است. مغازه‌های کوچک و بزرگ تنگ هم بی‌قواره با تابلوهای نئون؛ راه خاطرات را بسته‌اند. بن‌بست خاطرات است اینجا. چه دستی نشانه‌های زندگی را پاک کرده است؟ همان دستی که اولین روزهای انقلاب شعارهای روی

دیوارها را پاک کرد؟ نه دستی در کار نیست. زمان از روی خاطرات و فریادها و اعلامیه‌ها گذشته تا به این‌جا برسد که آدم‌ها را ببینند. چپیده در مغازه‌ها و خانه‌ها در کافه‌ها روبه‌روی تلویزیون.

هم‌چنان که رکاب می‌زند خیابان پر از آه می‌شود این لحظه‌ایست که توپ از کنار دروازه می‌گذرد.

فریادها که هوار می‌شوند روی سرش می‌داند که حالا کسی؛ یکی با ساق‌های بلند پرتوان توپ را با خود می‌کشد تا به دروازه حریف بزند.

لبخند نمی‌زند؛ خیلی وقت است که می‌داند آدم‌ها به دنبال گل زدنند... اما ما گل خوردیم؛ نخوردیم؟ از کی، از کی گل خوردی تو؟ از خودم، همه ما اول از خودمان گل می‌خوریم. چطور اگر بازیکنی به تیم خودش گل بزند انگشت‌نما می‌شود اما این همه آدم همه این سال‌ها به خودشان گل زدند... دیگران را رها کن مرد، فقط از خودت بگو... کی و از کی گل خوردی؟

گل خورده. از شهر، از سوت‌هایی که از پنجره خانه‌ها پر می‌کشد توی خیابان، از درخت‌های بریده شده و ساختمان‌های چند طبقه.

در خیابان‌های خلوت، فریادها، آه‌ها و فحش‌ها را از توی پنجره‌ها و مغازه‌ها و کافه‌ها می‌شنود. رکاب می‌زند و می‌داند که هنوز هیچ گلی رد و بدل نشده، با صدای هر فریادی می‌ترسد که خلوت خیابان را از دست بدهد.

نه این شهری نیست که در چهارراه‌هایش دختران و پسران جوان می‌ایستادند و با رهگذران بحث می‌کردند. این شهری نیست که همپای غروب خیابان‌ها و پیاده‌روهایش زیر هزاران اعلامیه سالم و پاره شده پنهان می‌شد و کپه‌کپه اینجا و آنجا آدم‌ها می‌ایستادند و بی‌خبر از گذشت زمان و رسیدن تاریکی، سعی می‌کردند یکدیگر را مجاب کنند.

رکاب می‌زند...

آه، این میدان را می‌شناسد: میدان ولی‌عصر، آن روزها میدان مصدق بود و پیش از آن میدان ولیعهد. آن روزها رهگذران ایستاده در انتظار تاکسی با همین واژه‌ها شناسایی می‌شدند. آن کس که می‌گفت میدان مصدق همه چیز را پذیرفته بود و آن کس که هنوز فریاد می‌کشید میدان ولیعهد پیدا بود که اگر بتواند تخت‌سینه کسانی می‌زند که روز و شبشان در خیابان‌ها و چهارراه‌ها می‌گذرد.

باید بپیچد سمت راست تا بلوار کشاورز را ببیند. آن روزها چمن‌های بلوار زیر پای آدم‌ها له می‌شد و آها، همین‌جا بود همین جا که ایستاده بود و فریاد نازک دخترکی را می‌شنید که تقلا می‌کرد همه بدانند که بختیار نوکر بی‌اختیار است. سرخ شده بود صورت دخترک و او صدایش را رها کرده بود به کمک آن صدای دخترانه و فریاد کشیده بود: بختیار نوکر بی‌اختیار...

راستی صبح به آن زودی کی به دخترک خبر داده بود که بختیار نخست‌وزیر شده؟ چشمان درشت سبزش را حالا به یاد می‌آورد که دلخور از صدای دخترانه‌اش سرگردان نگاه می‌کرد.

حالا می‌بیندش که در آبگوشت‌سرای خیابان شاهرضا روبه‌رویش پشت میز نشسته منتظر تا خورش قیمه‌ای را که سفارش داده بودند بیاورند.

می‌پیچد توی خیابان کارگر و بعد خیابان انقلاب. کتابفروشی‌ها، کتابفروشی‌ها، فقط همین خیابان است که هنوز حال و هوای خودش را دارد. اما دست‌فروش‌ها کجا هستند؟ پوسترفروش‌ها... یاد رفیقان گرامی باد... یک نفر فقط هنوز ایستاده بود توی پوستر و باقی خم شده بودند، بسته شده به درخت. و حالا پوسترهای تبلیغاتی روی دیوار دو سید را نشان می‌دهند. آن یکی را که صورتش پف کرده و چشمانی مغولی دارد می‌شناسد و آن دیگری... نه شاید تازه آمده.

«داداشی من به او رأی می‌دهم.»

دیوارها پُر از پوستر تبلیغاتی است، بیشتر آن‌ها را نمی‌شناسد نه کسانی که هنوز ته‌ریشی دارند و نه آنهایی که چهارتیغه اصلاح کرده‌اند.

از دوچرخه پیاده می‌شود و پشت ویترین کتابفروشی می‌ایستد... در ماگادان کسی پیر نمی‌شود... مارکسیسم... مدرنیسم... پست‌مدرنیسم...

از علی فقط اصول مقدماتی فلسفه را گرفته بودند. تازه به دستش رسیده بود و تازه می‌خواست شروع کند و تازه دلش می‌خواست سبیل بگذارد. و مادر چه کیفی می‌کرد وقتی سبیل‌های تُنک پسرک را می‌دید و قدی که ناگهان خودش را بالا کشیده بود.

این هم جایی که با هم لبو خوردند. حالا می‌فهمد که رنگ لبو رنگ شراب است. آن‌وقت‌ها فقط می‌توانست بگوید خون و دست‌های دخترک شرابی شده بود. سرد بود هوا و بخار از کاسه لبو بلند می‌شد. نوک دماغ دخترک یخ‌زده بود. این را خودش گفت، مگر نه؟ یا تو بودی که نگاه کردی و صورتش را دیدی؟ صورتی که پر از خنده بود، بی‌آنکه بخندد.

میدان مجسمه، خالی از مجسمه‌ای که روزگاری با هلهله آن را پایین کشیدند و حالا به جایش چیزیست که نمی‌داند چیست. از چمن‌های میانی خیابان شاهرضا چیزی نمانده است و میله‌هایی محکم بخشی از پیاده‌رو را از خیابان جدا می‌کند. سیمان است همه جا. به تابلوها نگاه می‌کند. خیابان انقلاب. آن طرف خیابان که برود ردیف کتاب‌فروشی‌ها را می‌بیند. یعنی همه مشغول تماشای فوتبالند؟ و توی این پاساژ کتاب‌فروشی اختران بود که دری به خیابان فروردین داشت و دری توی خود پاساژ.

همان مرد سیه‌چرده پشت دخل و نگاهش به تلویزیونی کوچک که روبه‌رویش گذاشته با دو سه نفر دیگر که چشم از صفحه تلویزیون

برنمی‌دارند. حتی نیم‌نگاهی هم نمی‌کند به او که سکان دوچرخه‌اش را گرفته و پشت ویترین ایستاده است.

هنوز آن روز را به یاد دارد که کتاب‌فروشی را آتش زده بودند و او را همین آقامهدی را ـ‌حیرت می‌کند از اینکه نام او را به خاطر می‌آورد‌ـ دیده بود که کتاب‌های نیمه‌سوخته را جمع می‌کند.

مشت‌های آقامهدی ناگهان گره می‌شود توی هوا، می‌پرد بالا و فریاد می‌کشد گل گل! فریاد گل گل و انفجار... انفجار شادی و کسانی که خوشحال از کتاب‌فروشی‌ها بیرون می‌آیند.

باید برود. باید پا روی رکاب بگذارد و تا می‌تواند سرعت بگیرد تا ترافیک تهران مثل اختاپوسی او را نبلعد.

سوار می‌شود، راست خیابان انقلاب را اگر بگیرد به تئاتر شهر می‌رسد، جایی که با او اعلامیه پخش می‌کرد. رکاب می‌زند با تمام توان انگار سیلی سر به دنبالش گذاشته.

رکاب می‌زند تا برسد به تئاتر شهر و او را ببیند. سرماخورده با صدایی گرفته. سرما و شعار آن روزها گلوی دخترها را خش می‌انداخت. صدا خش می‌خورد و توی آن صدای خش‌دار چیزی بود که حالا می‌تواند آن را تعریف کند. صدای خش‌دار... آغوش... میل به عاشقی... آن روزها همه چیز زیر سپر سرد و سخت مبارزه پنهان بود. و شاید همان غروب بود که دلش می‌خواست او را تا خانه‌اش برساند. دیروقت شب توی تاکسی دخترک دست برنمی‌داشت. می‌خواست راننده را مجاب کند. بحث‌شان بر سر چه چیزی بود: بختیار؟

بوق بوق ماشین‌ها. سرها و دست‌ها که از پنجره ماشین‌ها بیرون می‌آید. پرچم‌هایی که تکان تکان می‌خورند.

بازی تمام شده یا یک گل دیگر زده‌اند؟

دست‌پاچه و رکاب‌زنان به طرف میدان فردوسی می‌رود. میدان را

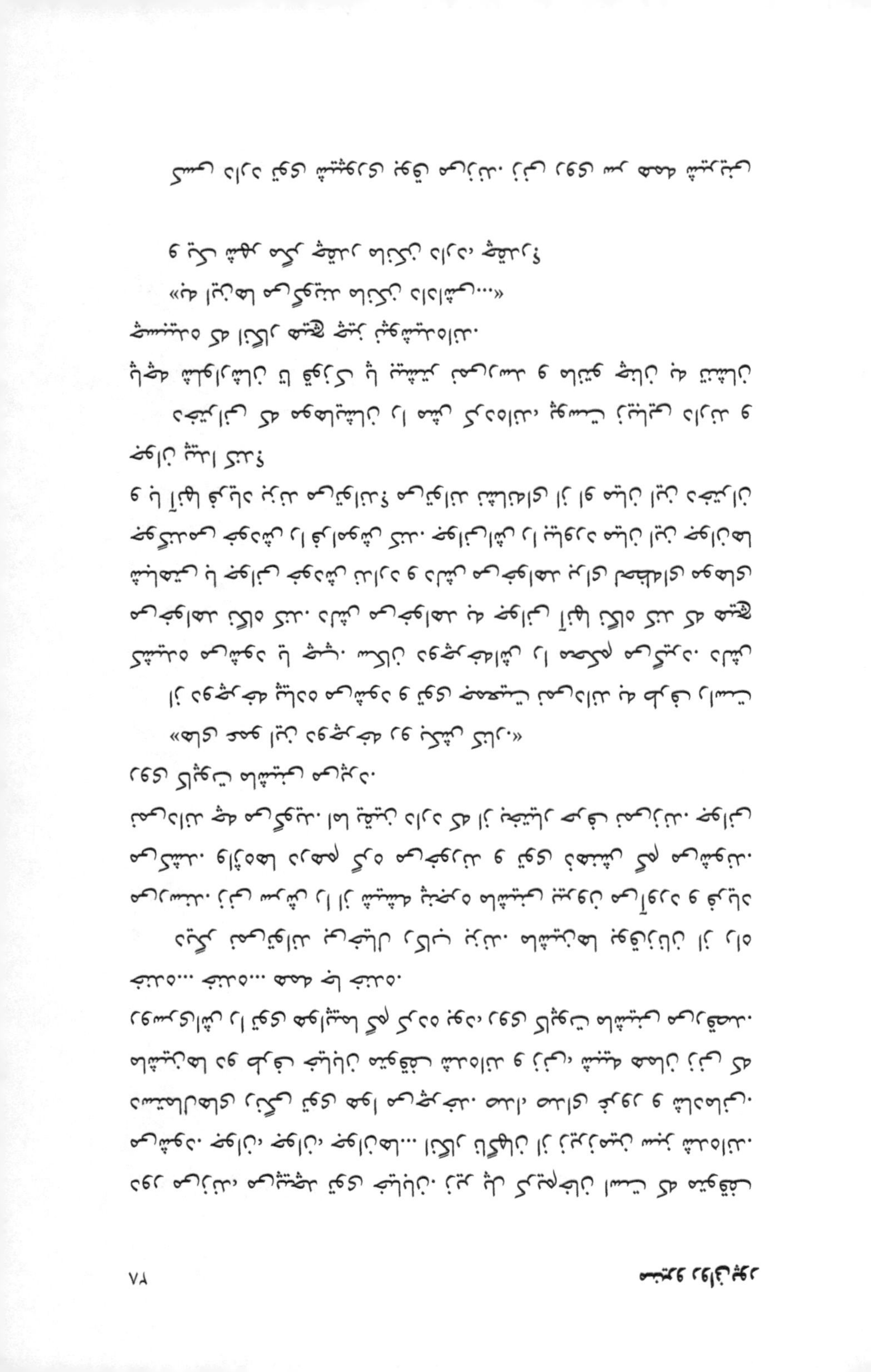

پخش می‌کند و ناگهان از توی بلندگویی کسی می‌خواند.

نه این صدا نمی‌خواند: بهاران خجسته باد...

این صدا نمی‌گوید: سر اومد زمستون... شکفته بهارون.

این صدا می‌خواند: نمره بیست کلاسو نمی‌خوام، بهترین هوش و حواسو نمی‌خوام.

دم گرفته است جمعیت و او میان ترانه‌ها گم می‌شود. میان ترانه‌ها و آدم‌ها؛ چشمانش را باز می‌کند. آن گوشه خیابان توی ساختمان چند طبقه خیلی‌ها سرشان را از پنجره‌ها بیرون آورده‌اند و با جمعیت دم گرفته‌اند.

با صدایی برمی‌گردد. صدای ظریف دخترانه‌ای؛ این صداست یا چشمان دخترک که نگاه او را از همه می‌گیرد و یا پوست مهتابی او؟ دخترک موبایل به دست داد می‌زند: «بد شد نیامدی مامان، اینجا این‌قدر حال می‌ده؛ صدات نمی‌رسه. شارژم داره تموم می‌شه مامان.»

تنه می‌خورد. خودش را محکم نگه می‌دارد و زل می‌زند به چشمانش. چشمان سبزی دارد دخترک، نه نباید او را گم کند. نباید.

دخترک موبایلش را می‌بندد، سر تکان می‌دهد. صورتش اما از شادی گل انداخته و او دست می‌برد توی جیبش موبایل خواهرش را در می‌آورد و رو به دختر می‌خندد و داد می‌زند:

«موبایل من شارژ داره...»

نگارش اول: تهران ۱۳۷۸

بازنویسی نهایی: لاس وگاس ۲۰۰۸

کشتی شکستگان

فکر کرد بنویسد: «زن در سرداب‌خانه نشسته بود.» اما هرگز سرداب‌خانه‌ای ندیده بود. باید می‌نوشت در راهرو یا جایی شوره‌بسته و نمور با سوز سرمایی که جزیره داشت و بادهای آذرماه، بعد یادش آمد که آذرماه جزیره زیاد سرد نیست و از اول دی‌ماه است که هوا نفسی می‌کشد و از گرما و شرجی خلاص می‌شود. باید می‌نوشت دی‌ماه و چهار شمع روشن در آن اتاقک تاریک یا زیرزمین که باید حتماً خیس بوده باشد، چون هر جای جزیره که باشی زمین را یک وجب هم که گود کنی، آب بالا می‌آید. مادربزرگ که توی همین قبرستان قدیمی خاک شده، همیشه می‌گفت: «اینجا همه چیز رو آبه، همه چیز، ما فقط دلمان را خوش کرده‌ایم که روی زمین زندگی می‌کنیم.» مادربزرگ درست می‌گفت، جزیره زمین خشک ندارد و زیرزمین هم که باشد، دیگر هیچ. حتماً کف‌اش خیس. سقفش ترک‌خورده و دیوارها شوره بسته.

می‌توانست بنویسد زن تنها بود با یک تختِ چوبی خیس و پتویی که کسی تویش پیچیده شده بود. و پتو نو بود، نو، چهارخانه و سفید

و صورتی. این‌جور وقت‌ها معمولاً بهترین چیزها را می‌برند و پتوی سفید و صورتی بعد گِلی می‌شود. خاک و گِل به آن می‌چسبد، لکه‌های خون مثل خرچنگی که چنگال‌هایش را با التماس به همه طرف دراز کند، آرام آرام رویش نقش می‌بندد. خرچنگ، خرچنگی که بخواهد فرار کند، از همه طرف فرار کند. خرچنگی که عقلش را از دست داده باشد، چنگال‌هایش را به همه طرف دراز می‌کند و یکجا می‌ماند. یکجا، روی پتوی چهارخانه و فقط چنگال‌هایش کش می‌آید و تا لبه‌ی پتوی صورتی می‌رسد، پتویی که اگر گلستانی به جایی بسته نشده باشد، مثلاً به درختی، حتماً گِلی خواهد شد، یا خونی که گِل قاطیش باشد. گلستانی بعدش حتماً افتاده، اول روی زانو خم شده، بعد می‌خواسته خودش را سرپا نگه دارد و رگبار بعدی عین توفان که درختی را بیندازد دروش کرده، بعد هم مثل قرقی، تکان‌تکان خورده و بعد دستی او را باز کرده و گلستانی همان‌طور خم شده با کله سُر خورده روی زمین و آن وقت آن دوتا دست، پاهای او را گرفته و ترانده. ترانده و برده گوشه‌ای تا نفر بعدی را به درخت ببندد. درختی که دیگر بوی باروت می‌داده، از مدت‌ها پیش بوی باروت می‌داده. اما چه درختی، چه درخت تنومندی در بندر هست که بتواند دوام بیاورد؟ نخل که حتماً نمی‌تواند، با اولین نفر و اولین رگبار حسابش پاک است و درخت گل ابریشم هیچ‌وقت نمی‌گذارد کسی را به تنه‌اش ببندی و بکشی. مادربزرگ ده روز پیش از آنکه بمیرد با چشمان خودش دیده بود که درخت گل ابریشم میدان‌گاهی با ریشه از زمین کنده شده و مثل زنی عزادار شیون کنان روبه دریا رفته تا خودش را غرق کند.

معلوم نشد چه کسی مرغ دریایی را زده بود، اما مرغ دریایی در قوسِ عزادار خود از روی درخت گل ابریشم پریده بود و مادربزرگ می‌گفت حتماً قطره‌ی خونی از آن بالا روی درخت افتاده.

بلند شد. نمی‌خواست به مادربزرگ فکر کند و خاطراتی که هرگز

رهایش نمی‌کرد. باید قصه را بنویسد، قصه‌ی سرداب‌خانه و به هیچ چیز فکر نکند نه به مادربزرگ، نه به درخت گل ابریشم و نه به نخل‌های جزیره که دیگر رمقی در جانشان نمانده. نه او را به نخل نبسته‌اند. نخل نمی‌تواند تاب بیاورد حتی اگر اولین بارش باشد. نه، راه‌های دیگری هم هست، مثلاً می‌توانستند اول بکوبند توی سرش، بی‌هوشش کنند و بعد دست‌هایش را از پشت ببندند و او را دراز به دراز بخوابانند رو به آسمان و بزنند درست توی قلبش. اگر توی قلبش زده باشند تیر خلاص لازم نبوده، حتماً لازم نبوده...

خانم گلستانی چیزی نگفت، هیچی، مات بود و منگ. حرف‌های بریده بریده‌ی خانم گلستانی به درد دیاری نمی‌خورد. اما مثل روز روشن است که آدمی مثل گلستانی نمی‌گذارد راحت دست و پایش را ببندند و روی زمین شلالش کنند، لابد تقلا کرده و زور زده و توی خاک غلتیده و بعد کوبیده‌اند توی کله‌اش و همین، همین نشان می‌دهد که پتو حتماً باید گِلی باشد.

سیگاری برداشت. پشت پنجره آسمان سیاه بود و باد در نخل‌ها می‌پیچید. بوره‌ی غریب باد! دور بود و نزدیک، و چیزی، چیزی در مقابل چشمانش چین می‌خورد. مثل وقتی که نسیم در مینار حریر مادربزرگ می‌افتاد، در مینار سبز مادربزرگ.

سیگار از هم پاشیده بود. خرده‌های توتون روبه‌رویش معلق بودند. به پنجره نزدیک شد. خش و خش صداها را شنید، انگار عده‌ای پنهان و هراسان تابوت‌ها را خالی می‌کردند. انگار کسانی در تاریکی بیل به دست روی گورها خاک می‌پاشیدند. انگار هنوز همه چیز ادامه داشت، تمام آن چیزهایی که شش ماه بعد از مرگ مادربزرگ شروع شد. مادربزرگ گفته بود: «شب‌های جمعه بیا، در طول هفته مرده‌ها به دریا می‌روند، خواندن فاتحه روی قبرهای خالی درست نیست.»

وحشت‌زده به تقویم روی میز نگاه کرد. راحت شد. دوشنبه شب

بود. حالا تمام مرده‌های قبرستان حتی آن‌هایی که بعد از آقای گلستانی شبانه چال شدند، توی دریا بودند. حالا هیچ مرده‌ای سرِ جایش نبود، مرده‌ها فقط شب‌های جمعه توی قبرهای خودشان می‌خوابیدند و در طول هفته در دریا بودند، در عمق آب‌های سبز، جایی که می‌توانستند بی‌ترس و واهمه بحث کنند، حرف بزنند و هرچه دلشان می‌خواهد فریاد بکشند. حالا جزیره امن بود و تاریکی ترسی نداشت و او می‌توانست با خیال راحت قصه‌اش را بنویسد. بی‌آنکه بترسد از آقای گلستانی و دست‌های باریک و بلندش که ناگهان از توی تاریکی لبه‌ی پنجره را بگیرد و بالا بیاید به کاغذها نگاه کند و بگوید: «دختر این چرندیات مال حالا نیست.» و او جواب بدهد: «اِ آقای گلستانی همه که نباید مثل شما فکر کنند...»

حالا دوشنبه‌شب بود و قبرستان ترسی نداشت. اینکه یک روز یا یک شب دریا پر از مرده شود و جزیره خالی از زندگی، این که مردگان خسته از ماسیدن در عمق آب‌ها، سرانجام خشم خود را یک کاسه کنند و به روی زمین واگردند... نه این قصه‌ها مال حالا نبود، هنوز جزیره پُر از آدمِ زنده بود و او می‌توانست راحت بنویسد و کاری به خرافات مادربزرگ نداشته باشد. باید حالا فقط به قصه بچسبد و کاغذی را که هنوز سفید مانده پُر کند.

خب، زن در سرداب‌خانه نشسته بود... زن در این لحظه چه حالتی می‌توانست داشته باشد؟ شب قبل از میهمانی برمی‌گشتند، زن این‌طور گفته بود: «داشتم توی کیفم دنبال کلید می‌گشتم که دو تا آدم از توی تاریکی بیرون آمدند و گفتند: "آقای گلستانی بی‌زحمت یک سؤال ساده داریم." و او را بردند.»

این را دیروقت شب، یک شب بعد از ماجرا وقتی به خانهٔ گلستانی رفته بود از خانم گلستانی شنید. دیگر نمی‌شد از چند و چون آن دو جوان چیزی پرسید، یعنی خانم گلستانی اصلاً قیافه‌ها را فراموش کرده

بود. اما به هر حال می‌شود کاری کرد، مثلاً آنها را در تاریکی، دست در جیب با یقه‌های بالا کشیده از سوز سرمای دی‌ماه، تکیه داده به دیوار، منتظر نشان داد.

سعی کرده بود خانم گلستانی را با آن چشمان متعجب و گشاد و لب‌های باریک فشرده به هم، به حرف بیاورد، اما فایده‌ای نداشت.

خانم گلستانی روز بعد، مثل بار اول که گلستانی را بی‌هوا بردند، چند کیلو میوه می‌خرد با دو سه دست لباس و پتو، پتویی چهارخانه، سفید و صورتی و می‌رود، حتماً امیدوار بوده و حتماً مضطرب. و لحظه‌ای که به او می‌گویند؟ دست‌های خانم گلستانی توی هوا می‌ماند، با پاکت میوه و لباس‌ها، مثل مجسمه‌ای خشک شده رو به مرد جوانی که آن جمله را گفته. خانم گلستانی حتماً هیچ‌کس را نمی‌دیده و جوان اگر عادت نکرده بوده باشد، حتماً باید در می‌رفته و یا شاید همان‌جا مانده با پوزخندی به دست‌های خشک‌شده‌ی خانم گلستانی و پرتقال‌هایی که یکی‌یکی از پاکت می‌افتادند و سُر می‌خوردند روی زمین... آقای گلستانی سیب دوست نداشت وگرنه جوان می‌توانسته یکی از سیب‌ها را که قِل می‌خورده بردارد و گاز بزند و بعد کسی جیغ می‌کشد، زنی که نمی‌دانسته کجاست و کی هست و چه می‌کند و بعد تاکسی‌بار است و آقای گلستانی که سرش روی پاهای زن تکان می‌خورده و راه ناصاف و سنگلاخی که انگار عمداً آن را پُر از قلوه‌سنگ کرده بودند تا هیچ کس نتواند به سادگی به خاکستان برسد... تا تاکسی‌بار آن‌قدر تکان بخورد که خانم گلستانی مجبور شود گلستانی را پیچیده در پتو بغل کند تا نیفتد، از تاکسی‌بار بیرون نیفتد.

و بعد غروب بوده و همه جا بسته...

خانم گلستانی می‌گفت: «اگرم باز بود نمی‌بردمش، می‌خواستم ببینم راسته، می‌خواستم لای پتو را باز کنم و بلندش کنم تا بیاید و پرده‌هایی را که نیمه‌تمام مانده بود بزند. هنوز چکش و چوب پرده‌ها

توی تاقچه و کف اتاق مانده بود و گلستانی... گلستانی...»

یاد گریه‌های خانم گلستانی عذابش می‌داد. بدجوری گریه می‌کرد. گریه‌ای که هیچ چاره نداشت و مثل زخمی دردناک می‌توانست فضای غم‌انگیز سرداب‌خانه را به‌هم بزند.

در سیمای زنی که کنار پتویی نشسته باشد، پتویی که گلستانی تویش پیچیده شده و چهار شعله‌ی شمع که توی سرداب‌خانه سایه‌روشن می‌سازند، فقط باید بُهت باشد و حیرت، نه گریه‌هایی که آدم نتواند کلمه‌ای برایش پیدا کند. و این کلمات انگار آدم را مسخره می‌کنند. مثل آقای گلستانی که همیشه مسخره می‌کرد: «چیه دوباره دفتر به دست یادداشت می‌کنی؟ تو دخترجان باید مورخ بشی، توی جبین‌ات بی‌حسی و بی‌غیرتی تاریخ‌نویسا هست.»

اما به هر حال آقای گلستانی هرچه می‌گفت، گفته باشد، نویسنده باید همه چیز را دنبال کند، همه چیز از ابتدا وقتی کسی می‌آید و می‌گوید: «بی‌زحمت فقط یک سؤال ساده...»

و حالا دریا پُر از مرده‌هایی بود که با همین یک سؤال ساده رفتند و دیگر پایشان به خشکی نرسید.

باد تندتر شده بود. خش‌خش نخل‌ها، خس و خاشاکی که در هوا معلق بود و همهمه‌ای که در فضا می‌پیچید. همهمه‌ای گنگ و غریب. پچ‌پچ‌های عصبی و ترسیده.

روبه‌رویش پنجره در تاریکی باز می‌شد. بوی شور دریا به اتاق می‌ریخت، همه چیز نم گرفته بود و چسبناک. پنجره‌ی خانه‌ی گلستانی روشن بود. نوری عزادار و بغض کرده، نوری زرد رنگ که انگار سال‌ها پیش مُرده بود تا لبه‌ی پنجره می‌آمد.

سیگار دیگری آتش زد و خیره شد به سیاهی نخل‌ها که قبرستان را می‌پوشاند.

فقط سه تا زن بودند. سه تا زن و دیگران که دورادور ایستاده بودند

و به بهانه‌ای، انگشت به سنگ‌قبرها نگاه می‌کردند ـ خانم گلستانی نشسته بود کنار همان پتوی چهارخانه. سرگشته به آسمان و زمین نگاه می‌کرد. پیدا بود که دنیا برایش تنگ است. تنگِ تنگ. و او دفترچه‌ی یادداشت توی کیف، چادر به سر، انگشت به سنگ قبری ناآشنا نشسته بود و نگاه می‌کرد.

گورکن که آمد به بیلش تکیه داد و با انگشتان خاک گرفته‌اش سه تا کاغذی را که خانم گلستانی به او نشان داده بود ورق زد و سر تکان داد. قبر حاضر بود و او فقط باید آقای گلستانی را سُر می‌داد توی آن و رویش خاک می‌ریخت. اجازه‌ی دادستانی هم بود. اما گورکن گفت:

«همین‌جوری نمی‌شود هر کسی را از راه برسد خاک کنیم.»

و بعد نگاه کرده بود به کفش‌های آدیداس آقای گلستانی و آه کشیده بود.

او از همان‌جا دید که گورکن پانصدی را از دست یکی از زنان همراه خانم گلستانی گرفت و بعد پایین پای گلستانی نشست و زور زد تا کفش‌ها را درآورد. و بعد خم شد و با دندان گره بند کفش‌ها را باز کرد. پاهای گلستانی در اختیارش نبود، مثل دو تا چوب خشک افتاده بود و سرانجام گورکن بلند شد، دو جفت کفش آدیداس توی دستش. حالا گور حاضر بود و آماده...

گورهای آماده، کفش‌های آدیداس، سعی کرد آن کلمات را گوشه‌ای بالای تقویم، بالای کلمه‌ی دوشنبه بنویسد. صفحه‌ی کاغذ خیس بود و خودکار رگه‌دار و بدرنگ می‌نوشت، انگار که سال‌ها بی‌مصرف مانده باشد.

سرش درد گرفت، دهانش تلخ بود و پاکت سیگار روی میز، سیگارهایی که با کوچک‌ترین اشاره از هم وا می‌رفتند. آقای گلستانی سیگاری بود. تمام مرده‌هایی که حالا زیر آب‌های دریا دور هم جمع شده‌اند و حرف می‌زنند یا گوشه‌ای برای خودشان تنها نشسته‌اند و

سعی می‌کنند با گیاهان دریایی و یا لاشه‌ی صدف‌های مرده جای زخم گلوله‌ها را خوب کنند، سیگاری بودند.

خودکار را برداشت که بنویسد و نوشت: «بوی نم، بوی پوسیدگی و شعله‌های چهار شمع که روی دیوارهای شوره‌بسته‌ی سرداب‌خانه می‌افتاد و سایه‌روشن‌هایی که درست می‌شد. زن بالای تخت نشسته بود، آرنج تکیه داده به لبه‌ی تخت و لب‌هایش تکان می‌خورد، پتو از روی صورت پس‌رفته بود و آقای گلستانی سفید و بی‌خون دراز کشیده بود. دهانش باز بود. نیمه‌باز و ردیف دندان‌هایش معلوم، جوری که انگار همین‌طور که می‌خواسته قهقهه بزند، خنده‌اش را خورده و خانم گلستانی شبحی بود باریک و بی‌رنگ.»

به صفحه‌ی کاغذ که نگاه کرد، دید فقط جای فرورفتگی نوک خودکار است و کاغذ خیس و نم‌گرفته همچنان سفید مانده است. متعجب بلند شد. چه خوب که آقای گلستانی نبود تا با آن چشمان سیاه و برقی که همیشه وقتی به او می‌رسید در چشمانش می‌درخشید، انگشتان باریک و بلندش را تکان دهد و بگوید: «خودت را گول می‌زنی، می‌نمایی که می‌خواهی بنویسی و از رودررویی فرار می‌کنی، نوشتن به خاطر چه؟ تاریخ وقتی می‌تواند محاکمه کند که دیگر محکوم یا وجود ندارد و یا قدرتش را از دست داده...»

انگار کسی در سرش طبل می‌کوبید، نفسش بالا نمی‌آمد. روبه‌روی پنجره ایستاده بود. هیچ جا روشن نبود. به ساعتش نگاه کرد که عقربه‌هایش زنگ زده بود. با ناخن‌هایش که بلند بود و شکننده سعی کرد که زنگ‌ها را کمی پاک کند. صفحه‌ی ساعت به زردی می‌زد، عقربه‌های ساعت روی دو از کار افتاده بود. مثل ساعت آقای گلستانی که روی سه مانده بود و تقویم ساعت که سه‌شنبه پنج دی‌ماه را نشان داده بود. خانم گلستانی گفت: «ساعت سه او را زده‌اند، سه نیمه‌شب، ساعت‌ها درست لحظه‌ای که می‌زنند از کار می‌افتند.»

و حالا ساعت دو شب بود. و فقط کورسوی نوری آن‌سو ترک از آنجا می‌آمد، از جانب آن خانه، خانه‌ی گلستانی... نه، آن نور از سرداب‌خانه نبود، از پنجره‌ای بود انگار که یک لنگه‌اش را به عمد کسی باز کرده باشد تا او بتواند خط مستقیم را بگیرد و قبرها را همان‌طور که پشت پنجره رو به تاریکی ایستاده بود بشمارد، قبرهایی که ردیف پشت سر هم بودند، کوچک و بزرگ و تا بی‌نهایت.

اگر آقای گلستانی زنده بود و حالا همان‌جا توی همان اتاق پشت پنجره می‌نشست و کتاب می‌خواند، کتاب می‌خواند و یک لنگه‌ی پنجره را باز می‌گذاشت، اما آقای گلستانی مرده بود و لابد زنش مثل همیشه پشت آن پنجره نشسته است و گریه می‌کند. همان گریه‌ای که هیچ جوری نمی‌شود آن را توی قصه‌ی «سرداب‌خانه» بیاوری.

باد ناگهان دو لنگه‌ی پنجره را به‌هم کوبید. ترسید. از آن همهمه‌ی گنگ و از آن صداها که انگار کسانی جوانانی با دست‌های از کار افتاده در عمق آب‌های سبز آب را پس می‌زنند تا از گوشه‌ای به گوشه‌ی دیگر بروند. ترسید. دنبال صدای مادربزرگش گشت. صدا دور بود و کهنه: «مرده‌ها فقط شب‌های جمعه سرِ جایشان آرام می‌گیرند. شب‌های دیگر توی دریا هستند.» و بعد صدایی نزدیک، نزدیک‌تر و آشناتر صدای مادرش که او را دلداری می‌داد تا از چیزی نترسد. «خیلی مانده که جزیره خالی بشه، خالی از سکنه، آن‌وقت مرده‌ها میآن سرِ خانه و زندگی‌شان و همین‌جا سکنی می‌کنند...»

چرا بترسد؟ حتماً دوشنبه بود و آنها توی دریا در عمق آب‌های سبز آنجا سفره‌ی دلشان را پهن می‌کردند. از بالای آب هیچ‌کس صدای آنها را نمی‌شنید، هرچه که می‌گفتند، هرچه که می‌نوشتند، اما دوشنبه... دوشنبه‌ی چه سالی بود؟ به تاریکی خیره شد و گوش داد. کسی انگار تقلا می‌کرد خود را از پنجره بالا بکشد. نگاه کرد دو تا دست باریک و بلند و ماسیده از سال‌های سال زیر آب ماندن و بعد آقای گلستانی را

دید که تا گردن خودش را در قاب پنجره بالا کشید:

«هنوز تو فکر سرداب‌خانه‌ای؟»

مأیوس نگاهش کرد و فهمید که باز آقای گلستانی آمده تا او را از مرگ خودش آگاه کند و بگوید:

«تو اینجا هستی در عمق آب‌های سبز، مثل همه‌ی ما... خیلی وقت است که اینجا هستی، باید باور کنی.»

نگارش اول: پائیز ۷۹ تهران

بازنویسی نهایی: هندرسن ۲۰۱۲

کنترل از راه دور

یک کارت، یک کارت بیست یورویی که قرار است او را به جهانی که از آن گریخته وصل کند. پشت کارت نوشته: با بیست و یک کشور جهان می‌توانید تماس بگیرید و او فقط با یک کشور کار دارد، یک سرزمین.

مونیخ هوا آفتابی است، باید از توی اتاقش صفر را بگیرد. و بعد شماره و شماره تا برسد به خانه خودش. توی فرودگاه اورلی توانسته فریاد بزند: رسیدم. می‌خواسته بگوید آن کسی که توی هواپیما مرده من نبودم. نگفته و با خودش خندیده... **پیداست که من نمرده‌ام** و حالا باید بگوید چطور رسیده؟ کی رسیده و باید بگوید...

همین‌جاست که خیال می‌کند که خیال کرده و اصلاً تلفنی نزده و صدایی نشنیده و چیزی نگفته. و همین لحظه است که پیله می‌کند به تلفن قدیمی اتاق و صفر می‌گیرد و شماره پشت شماره و صدای نرم زنی فرانسوی از آن طرف چیزی می‌گوید و او چیزی نمی‌فهمد.

نه، باید برود پایین تا از کارمند پذیرش هتل بپرسد که می‌تواند

این‌جا توی لابی با تلفن آن‌ها شماره بگیرد. **چطور می‌پرسی؟ کارت را نشانش می‌دهم.**

زن آلمانی است و هیچ زبانی به جز زبان مادریش نمی‌داند و اگر می‌دانست؟ **اوه مگر تو به چند زبان زنده دنیا مجهزی؟**

وقتی برای خودزنی نیست. با حرکت دست و پا و چشم و ابرو به زن می‌گوید که باید به تهران تلفن کند، که خانواده‌ای دارد، که نگران است و دلشوره امانش را بریده. که آن‌ها باید بدانند که او زنده است که او باید بداند که...

صدایش را مدیر هتل شنیده است. مدیر هتل است حتماً؟ از صبح او را چندین بار دیده. قدِ متوسطی دارد. بارانی سفیدی پوشیده. سرش را مثل بالرینی خم می‌کند: «مادام؟»

صدایش طنین مردانه و عاشقانه‌ای دارد. بوی ادوکلنش میل گم‌شده‌ای را در او بیدار می‌کند. صورتش برق می‌زند از پاکیزگی و موهای دماغش پیدا نیست. دندان‌هایش مثل صدف سفت و محکم است.

مادام با دست و سر و زبان الکن می‌گوید باید تلفن کند و باید صدای پسرش را بشنود و پسرش هشت ساله است و پسرش باید بداند که او زنده است و نمرده...

باز توی دلش می‌خندد... **پیداست که من نمرده‌ام.**

خیال می‌کند خیس عرق است. خیال می‌کند که گونه‌هایش گل انداخته. دست می‌برد روی گونه‌ها تا به عادت موها را زیر روسری پنهان کند اما: **مونیخ، توی مونیخی نه تهران.** دست‌ها رها می‌شود و خنده می‌نشیند روی لب‌های خشکیده.

مرد دستش را مثل بالرینی دراز می‌کند تا کارت تلفن را از او بگیرد. زن می‌گوید: sorry و شماره‌اش را روی کارت شتاب‌زده می‌نویسد. مرد کارت را می‌گیرد و روی انگشتان پا می‌چرخد. می‌رود توی اتاقکی کنار پیشخوان هتل. حالا زن می‌تواند نیمی از شانه‌هایش را ببیند. ستونی

نیم دیگر چهره و شانه او را می‌پوشاند. از حرکت دست مرد می‌داند که دارد شماره می‌گیرد و از اخمی که بر نیمی از پیشانی‌اش نشسته می‌فهمد که شماره‌ها مشغول‌اند و یا خط راه نمی‌دهد. سرانجام مرد خسته گوشی را می‌گذارد از توی جیبش موبایلی بیرون می‌آورد و رو به زن می‌گیرد که محو حرکات انگشت‌ها و دست‌های اوست.

Please Madam

توی عمرش کسی این همه مهربان با او حرف نزده. این صدا آرام‌اش می‌کند. این صدا به او حرمت می‌گذارد و او را دوباره به سوی خودش باز می‌گرداند. **خودم. خودم کجا بودم؟**

موبایل را که می‌گیرد نوک انگشتانش به انگشت مرد می‌خورد. لرزشی در دستانش حس می‌کند. همه چیز را پاک فراموش کرده، شماره تلفن خانه، کد تهران، کد ایران. **حالا خیال می‌کند که هیچ‌کس توی ایران موبایل ندارد. خیال می‌کند که ما شتر سواریم.** لبخند می‌زند و تا بیاید شماره بگیرد مرد موبایل را برداشته، شماره را گرفته و تلفن را به سوی او دراز کرده.

Thank you

صدای پسرش را که می‌شنود نفس می‌کشد، نفسی عمیق. نگاهی به مرد لبخند می‌زند. به فارسی می‌گوید: **سوغاتی می‌خواهد.** مرد هم می‌خندد و زن ناگهان به یاد می‌آورد که مرد خارجی است. توی تلفن قول می‌دهد به پسرک که برایش اسباب‌بازی بخرد، می‌گوید نمی‌تواند با بابا حرف بزند چون تلفن مال دوستی است. پسرک می‌گوید چه دوستی مامان، چه دوستی؟ زن می‌گوید یک دوست خوب، خیلی خوب.

تلفن را به مرد می‌دهد. چندین بار تشکر می‌کند. باور نمی‌کند توی آلمانی یک آلمانی موبایلش را به او بدهد تا شماره بگیرد، آن هم شماره راه دور.

خیلی زود می‌فهمد که مرد ایتالیایی است و اهل فلورانس. درست

اهل همان جایی که هیچ وقت ندیده. در تمام کشورهای اروپایی سمینار داشته، کنفرانس‌هایی درباره حقوق بشر، الا ایتالیا. مرد هم از ایران چیزی نمی‌داند. فقط مسافرانی را دیده است که در هتل چند روزی اقامت کرده‌اند و رفته‌اند.

توی کافی‌شاپ هتل نشسته‌اند. زن او را دعوت کرده. مرد چای می‌نوشد و او قهوه. انگلیسی مرد خوب است، خیلی خوب. زن اما با لکنت حرف میزند و تلاش می کند تا بگوید چقدر سپاسگزار اوست؛ که ایتالیایی‌ها هم مثل ایرانی‌ها مهربان و خون‌گرمند که...

همه چیز را می‌گوید و خیال می‌کند هیچ نگفته... انگار کلمات را قرض گرفته، با کلمات قرضی نمی‌تواند حرف بزند. نمی‌تواند آنچه را که می‌خواهد بگوید. **مگر چه می‌خواستی بگویی؟** دلش می‌خواهد ساعت‌ها بنشیند و به مرد نگاه کند. خیلی وقت است مردی به این پاکیزگی ندیده، مردی که رفتار، حرکات و صدایش مثل موسیقی غریبی است که تا حالا نشنیده.

شب خوابش نمی‌برد. مرد گفته است نامش آنتونیو است. پنج سالی است که در مونیخ زندگی می‌کند. زنش را طلاق داده و حالا تنهای تنهاست. آنتونیو گفته که زن او را به یاد دخترکی می‌اندازد که در نوجوانی دوست می‌داشته؛ دخترکی که همسایه آن‌ها بوده و یک روز با خانواده‌اش ناپدید شده.

نه خوابش نمی‌برد. پهلو به پهلو می‌شود. ردیف دندان‌های سفید و حفره‌های بینی تمیزش. نگاه می‌کند به بالای سرش، و به یاد می‌آورد که توی هتل است و هیچ لیوانی پر از دندان مصنوعی بالای سرش نیست. **زن آنتونیو چرا جدا شده؟ وقتی نه لیوانی باشد پُر از دندان مصنوعی و نه موی دماغی؟ وقتی دندان‌ها برق بزنند از زیبایی و سفیدی؟** مردی با دهان بی‌دندان دور می‌شود، دور و آنتونیو می‌آید با

حرکت نرم دست‌هایش و لبخند زیبایی که همیشه بر لب دارد. با هم در خیابان‌های سرد مونیخ قدم می‌زنند. آنتونیو پشت ویترین مغازه‌ای می‌ایستدد. از همان‌جا دست می‌کند شیشه عطری را بیرون می‌آورد و مثل پیف‌پاف رو به او می‌پاشد... بعد پرواز می‌کند. گاهی با دست گاهی با سر شیشه ویترین‌ها را می‌شکند و با شیشه عطری، گوشواره‌ای، النگویی بیرون می‌آید و از آن بالا همه را روی سر او می ریزد که هاج و واج نگاهش می‌کند. در آخرین مغازه آنتونیو با یک قرابه گلاب بیرون می‌آید... توی هو ا پرواز کنان تمام گلاب‌ها را روی او می‌ریزد... و قاه قاه می خندد...

صبح، خیس عرق از خواب بیدار می‌شود. به بالای سرش نگاه می‌کند، مبادا دستش خورده باشد به لیوانی پُر از... نه هیچ لیوانی نیست و از بوی عرق خودش خجالت می‌کشد. یکراست می‌رود توی حمام و شیرِ دوش را باز می‌کند. دلش می‌خواهد ترانه‌ای بخواند، یک ترانه ایتالیایی، اما نمی‌تواند. از ایتالیا فقط مارچلو ماسترویانی را می‌شناسد و سوفیا لورن... می‌خواند با آهنگی خاص: مارچلو ماسترویانی، آنتونیانی، آنتونیانی.

از زیر دوش که بیرون می‌آید یادش می‌آید که شامپوی مخصوص بدن را به خودش نزده. دوباره می‌رود زیر دوش. زیر بغل، کشاله ران‌ها، همه را می‌شوید. سال‌هاست که این‌جور تن و بدنش را به دست آب نداده...

روبه‌روی آینه می‌ایستدد. به خودش نگاه می‌کند. **خیلی وقت است تو را ندیده‌ام.** دست می‌کشد روی چین‌های پیشانی‌اش. **چهل سالگی از کدام در وارد شدی؟** یادش نمی‌آید که شعر را کجا خوانده است. حوله از روی پستان ها سر می‌خورد. دانه‌های آب است یا عرق روی

پستان‌های سفت و دخترانه‌اش؟ **هنوز تو یه دست مردانه جا می‌گیرند، دستان مردی مثل...**

حالا چه لباسی بپوشد؟ **مگر به جز شلوار جین و بلوز یقه‌اسکی سیاه چیز دیگری هم داری؟**

منتظر آسانسور نمی‌ماند. پله‌ها را دوتا یکی می‌کند و می‌آید توی لابی هتل. آنتونیو با لیوان چای و بارانی کرمی از کافی‌شاپ بیرون می‌آید، سری تکان می‌دهد و لبخندی: Cafee?

زن می‌گوید نه و با او از درِ هتل بیرون می‌رود تا به ماشین آنتونیو برسند. آنتونیو گفته است که شهر را نشانش خواهد داد. میل غریبی دارد که مغازه‌ها را ببیند. دلش می‌خواهد برای خودش عطری بخرد، پیراهنی و لباس‌زیر. سال‌هاست که کرست نبسته. سال‌هاست که شورت زیبایی نخریده... اما وقت زیادی ندارد. ساعت پنج برنامه‌اش شروع می شود. **زن و حقوق بشر**. سال‌هاست که حقوق خودش را رعایت نکرده و فقط درباره‌ی **زنان** حرف زده.

توی ماشین که می‌نشینند، آنتونیو آرام دست او را می‌گیرد. زن گُر می‌گیرد، دستش را عقب نمی‌کشد. پلک‌هایش سنگین می‌شوند، چشمانش رامی بندد و قطره‌های اشک روی گونه‌اش سر می‌خورند.

آنتونیو از دوست دخترِ دوران نوجوانی‌اش می‌گوید و شباهت عجیب زن با او. از خنده‌ی او تعریف می‌کند و از پوست صورتش که به رنگ مس است. آنتونیو حرف می‌زند و او آرام‌آرام سرش را روی شانه آنتونیو می‌گذارد. بیرون آفتاب پشت ابری سیاه پنهان شده و رهگذران در خود کِز کرده‌اند.

آنتونیو مرد است و می‌داند که زن‌ها، حتی زنی مثل او که زندگی‌اش را پای حقوق دیگران گذاشته، خرید را دوست دارند. این را با صدایی آرام و عاشقانه به زن می‌گوید. ماشین را پارک می‌کند، دوربین‌اش را برمی‌دارد، بازوی او را می‌گیرد و به طرف فروشگاه‌ها می‌روند...

روبه‌روی مغازه عطرفروشی پایش سست می‌شود. آنتونیو دستش را می‌گیرد و او را به داخل فروشگاه می‌کشاند. لبخند محوی بر لب دارد.

قیمت‌ها سرسام‌آورند. اخم می نشیند روی پیشانیش. مرد به عطری اشاره می‌کند. زنِ فروشنده با لبخندی آن را می‌آورد. آنتونیو عطر را زیرِ بینی زن می‌گیرد و به انگلیسی می‌گوید: دوست داری؟

زن خجالت می‌کشد و شوری گم‌شده و دور به قلبش هجوم می‌آورد. به زحمت می‌گوید گران است، خیلی گران. آنتونیو می‌گوید نگران قیمت نباشد. آن‌وقت به زن فروشنده دستور می‌دهد که آن را بپیچد. زن فرز و چالاک عطر را می‌پیچد و به دست مرد می‌دهد. آنتونیو دستش را دور شانه او حلقه می‌کند، زن را به خود می‌فشارد و عطر را به او می‌دهد. آنتونیو می‌خواهد این لحظه را برای خودش ثبت کند تا ابد. آنتونیو می‌داند که زن رفتنی است، می‌خواهد با هم عکسی به یادگاری داشته باشند و زنِ فروشنده می‌تواند از هر دوی آنها عکس بگیرد.

زن توی ابرها راه می‌رود، نه روی زمین. زیرِ پایش انگار فرشی از پَرِ قو پهن کرده‌اند. حالا دیگر دستش را دور کمر آنتونیو حلقه کرده و هر دو بی‌خیال و بی‌خبر از رهگذران، از این مغازه به آن مغازه می‌روند. آنتونیو پول می‌دهد و کیسه‌های توی دست زن زیاد و زیادتر می‌شود. فروشنده‌ها عکس می‌گیرند و آنتونیو به همه می‌گوید که این زن دوست دختری است که سال‌ها پیش گم کرده و دیروز در هتلی دوباره او را دیده است. همه با لبخند به داستان عاشقانه آنتونیو گوش می‌دهند.

بیشترین عکس را آنتونیو در فروشگاه لباس‌های زیر زنانه می‌گیرد. میان شورت‌ها و کرست‌ها و قاه‌قاه می‌خندد. از خنده‌های او فروشنده‌ها هم به وجد می‌آیند و زن زمان را فراموش می‌کند و کنفرانس حقوق بشر را. حالا می‌داند که سالیان سال است حقوق خودش پایمال شده.

حقوق بشر؟ حقوق بشر، یعنی قدم زدن با کسی که دوستش می‌داری، دیدن خنده‌های او، گرفتن دست‌هایی که از هوس شعله‌ور است.

نمی‌خواهد به هتل برگردد. می‌خواهد لحظه لحظه‌های این روز باشکوه را مزمزه کند. برای اولین بار در زندگی خودش را رها می‌کند، می‌دهد دست آنتونیو تا سرشار شود از شور. می‌گذارد که آنتونیو دست دور گردنش بیندازد و عکس بگیرد. می‌گذارد آنتونیو گونه‌اش را ببوسد و عکس بگیرد. می‌گذارد گونه‌هایش گُر بگیرند از حسی تجربه نشده، حسی که سالیان سال از خودش دریغ کرده. نکند او هم همسایه‌ای داشته در روزگار کودکی هم شکل و هم‌رنگ آنتونیو که این‌جور با او احساس یگانگی و عاشقی می‌کند؟

دیگر می‌توانند خریدها را توی ماشین بگذارند و بروند جایی چیزی بخورند و او که حالا آنتونیو به یاد عشق دوران نوجوانی **مون** صدایش می‌کند حرفی نمی‌زند تا وقتی آخرین لقمه غذایش را می‌خورد و آخرین جرعه شراب را از لیوان آنتونیو می‌نوشد. چشمش همین لحظه است که به ساعت آنتونیو می‌افتد و مچ او را می‌گیرد و می‌پرسد:

«ساعت چند است؟»

فقط نیم ساعت تا شروع کنفرانس مانده و تا هتل بیست دقیقه‌ای راه دارند. آنتونیو می‌خواهد او را مستقیم به جلسه ببرد اما **مون** یادداشت‌هایش را نیاورده و حتماً باید به هتل سر بزنند. آنتونیو تخته‌گاز می‌راند و تا برسند به هتل دو بار دست او را می‌گیرد و می‌فشارد.

آنتونیو جلو در هتل پارک می‌کند و ماشین را روشن نگه می‌دارد تا **مون** برود و یادداشت‌هایش را بیاورد. **مون** می‌دود به داخل هتل، منتظر آسانسور نمی‌شود. پله‌ها را دوتا یکی می‌کند تا طبقه چهارم می‌دود. درِ اتاقش را باز می‌کند، یادداشت‌هایش را برمی‌دارد و این بار سوار آسانسور می‌شود و دکمه را می‌زند.

پنج دقیقه به شروع برنامه به محل کنفرانس می‌رسند. کیف و

یادداشت‌هایش را برمی‌دارد. آنتونیو از پشت رُل تکان نمی‌خورد. **مون** می‌پرسد: «نمی‌خواهی بیایی سرِ جلسه؟» آنتونیو می‌گوید: «نه می‌روم عکس‌ها را چاپ کنم.» **مون** می‌پرسد: «می‌آیی دنبالم.» آنتونیو به انگلیسی می‌گوید: «به یک شرط و می‌خندد.» **مون** هم خندان «می‌پرسد: به چه شرطی؟» آنتونیو سینه‌اش را صاف می‌کند و با زبان سلیس و روان فارسی می‌گوید: «به این شرط که امروز تو جلسه گُه اضافی نخوری.»

نگارش اول: تهران آذر ۱۳۸۳
بازنویسی نهایی: هندرسن ۲۰۱۲

قمری‌ها

قمری‌ها با هم نمی‌خوانند.

اول یکی با صدای خش‌دار و ترسیده شروع می‌کند بخواندن؛ می‌خواند تا آنجا که صدایش بگیرد و بعد دومی؛ توی صدای این یکی هم آرامشی نیست.

تمام این سه سال با هم خوانده‌اند.

نوک در نوک. بارها از پشت میله‌های پنجره گردن کشیده و آنها را دیده که با هم بال‌زنان آمده‌اند و رفته‌اند.

حالا بدجوری می‌خوانند این قمری‌ها...

یعنی سرما خورده‌اند؟ شاید گربه‌ای، ماری این حوالی هست؟

جاپنیری را روی میز می‌گذارد. توی کاسه‌ای کوچک گردو می‌ریزد و شکردان را پُر از شکر می‌کند.

سه سال است که هر روز صبح وقتی بلند می‌شود تا سماور را روشن کند، صبحانه را روی میز بچیند، لباس بپوشد و برود مدرسه، آنها را می‌بیند.

با صدای قل‌قل سماور است که شروع به خواندن می‌کنند یا صدای پای او؟

روسری‌اش را سر می‌کند و می‌رود پشت پنجره آشپزخانه و نگاه می کند به لانه‌ای که ساخته‌اند، روی درخت تنومندی که شاخه‌هایش تا طبقه سوم می‌رسد. دستش را اگر دراز کند می‌تواند مشتی دانه بریزد برایشان. دانه‌ها روی شاخه‌ها می‌افتند؛ چند تایی همیشه به لانه می‌رسند.

شاید گرسنه باشند این قمری‌ها...

شاید تشنه...

سومین مشت دانه را که می‌ریزد به ساعتش نگاه می‌کند. حالا بچه‌های مدرسه توی صف ایستاده‌اند، منتظر تا کلاس اولی‌ها از پله‌ها بالا بروند و به کلاس‌هایشان برسند ــ و هیچ‌کس نمی‌داند که امروز قمری‌ها هوش و حواس خانم معلمِ کلاس اول الف را پاک برده‌اند ــ بچه‌ها باید بی‌سرپرست از پله‌ها بالا بروند با آن کوله‌پشتی‌های سنگین‌شان...

توی لیوان دسته‌دار سه قاشق چایخوری شکر می‌ریزد؛ نان سنگک گرم شده را توی ظرف مخصوص نان می‌گذارد. رنگ چای در قوری شیشه‌ای زیباست. هوس یک فنجان چای... اما دیر شده خیلی دیر...

غروب است و بوی پاییز ، بوی مهر.

هوا دیگر سرد است و تمام فن‌ها خاموش. نکند سرماخورده‌اند. باز می‌گوید با خودش و مرد که تازه از بیرون آمده، مثل همیشه دست و صورتش را توی سینک آشپزخانه می‌شوید و می‌آید روبه‌روی تلویزیون؛ روی کاناپه زرشکی می‌نشیند. زن می‌ایستد کنار کاناپه. حالا می‌تواند ریزش برگ‌ها را از همان جا که هست ببیند. پس پاییز به آشیانه قمریها هم رسیده ؟ و صدا، صدای دلگیر و دلتنگ آنها.

زن می‌گوید: «گوش کن.»

مرد گیج نگاهش می‌کند.

زن می‌گوید: «قمری‌ها...»

مرد خمیازه‌ای می‌کشد و تلویزیون را روشن می‌کند. گوینده کانال یک برای خانم‌های چاق روزی نیم ساعت پیاده‌روی تجویز می‌کند. مردها هم البته پوکی استخوان می‌گیرند ـ آقای محترم شما هم باید حرکت کنید. مرد کانال عوض می‌کند ـ صدای قمری‌ها عذاب‌آور است. حالا هر دو با هم جیغ می‌کشند. زن لبه روسری‌اش را تا روی پیشانی پائین می‌کشد و می‌رود پشت پنجره.

مرد رد حرکتش را می‌گیرد گوشه‌ی سبیلش را می‌جود، سرِ جایش وول می‌خورد و کانال عوض می‌کند. آخوندی جوانان را به راه راست هدایت می‌کند.

تلویزیون را خاموش می‌کند. زن هنوز پشت پنجره ایستاده. مرد مشکوک به پنجره و زن نگاه می‌کند، آرام نیم‌خیز می‌شود که ناگهان صدایی مهیب و حیوانی مثل نعره دایناسوری رها شده از بند، همه جا می‌پیچد. ساختمان با موجی که از عمق زمین می‌گذرد بالا می‌آید و لحظه‌ای بعد مثل یک کشتی موج را رد می‌کند و با تکانی سر جای خود برمی‌گردد. طوفان شاخه درختان را تکه پاره می‌کند. آسمان پشت پنجره سیاه می‌شود و باز یک بار دیگر موجی از عمق زمین می‌گذرد تا کل ساختمان را بالا ببرد و بعد به پایین بکوبد. لوسترها، قاب‌های روی دیوار و بشقاب‌های توی بوفه از جا کنده می‌شوند. روی فرش پُر از شیشه‌خرده است.

مرد داد می‌زند: «زلزله.»

زن در کنج دیوار پناه می گیرد. مرد تلوتلوخوران خودش را به در می‌رساند.

توی محوطه باز مجتمع، آدم‌ها، پیر و جوان، زن و مرد و بچه با پیژامه، پای برهنه، بی‌روسری، ایستاده‌اند. زمین هنوز می‌لرزد. سرها گیج و واگیج می‌رود. ترس است یا خود زلزله؟ نگهبان مجتمع با پیچ رادیوی ترانزیستورِی‌اش ور می‌رود. موج روی موج می‌افتد. زن تلاش می کند کنار مردش بایستد و مرد نزدیک نگهبان ایستاده است. چند بار دست می‌برد تا رادیوی کوچک را از دست نگهبان بگیرد. نگهبان با دو دست رادیو را بالای سرش نگه می‌دارد و با پیچ آن ور می‌رود.

مرد می‌گوید: «بی‌بی‌سی، بی‌بی‌سی رو بگیر.»

نگهبان که رادیو را بالای سرش نگه داشته می‌نالد: «بدمصب نمی‌گیره.»

صدایی می‌گوید: «تهرانو بگیر.»

نگهبان می‌گوید: «نمی‌گیره.»

مرد می‌گوید: «نباید جایی خراب شده باشه.»

زنی صورتش را میان دو دست می‌پوشاند: «وای نه، من نه، نمی‌تونم ببینم.»

صداها درهم و بریده بریده به گوش زن می‌رسد. همه با هم حرف می‌زنند.

«این مجتمع تا هشت ریشتر مقاومه.»

«شهر حتماً خراب شده.»

از روی پشت‌بام شهر پیداست.

«رادیوتو بده من بپر یه نگاهی بنداز.»

«عمراً پامو رو راه‌پله بذارم»

نگهبان خوشحال صدای رادیو را بلند می‌کند. زنی می‌گوید: «دُلمه برگ مو را باید...»

یکی می‌گوید: «صداشو ببر.»

مرد می‌گوید: «باید ببینیم جایی خراب شده یا نه.»

و به نگهبان نگاه می‌کند. نگهبان کمی عقب می‌کشد:

«گفتم که من نمی‌رم.»

مرد می‌گوید:

«تو که وزنی نداری.»

«جون که دارم.»

زن بازوی مرد را می‌گیرد:

«ولش کن.»

مرد بازویش را از دست زن رها می‌کند.

«پس تو برو...»

هیچ کس نمی‌رود. گوینده رادیو خیال همه را راحت می‌کند. مرکز زلزله دور بوده، دور از پایتخت. نفس‌ها رها می‌شود اما کسی از جایش تکان نمی‌خورد. زن از جمعیت جدا می‌شود تا خودش را به درخت تنومند برساند که حالا آرام است و برگ‌هایش هیچ تکانی ندارند. قمری‌ها توی لانه می‌خوانند. زن چشمانش را می‌بندد و گوش می‌دهد. صدا آرام و دلپذیر است.

و بعد صدای مرد را میشنود: «بریم خونه.»

مرد با احتیاط روی کاناپه می‌نشیند. انگار می‌ترسد اگر حرکتی کند دوباره خانه بالا برود. زن جارو به دست از آشپزخانه بیرون می‌آید.

ـ «یادته گفتم...»

مرد تلویزیون را روشن می‌کند. از این کانال به آن کانال تا اخبار زلزله را بشنود. روی صفحه تلویزیون گوینده لبخند می‌زند و اعلام می‌کند به زودی کمیته امداد با هلیکوپتر به نجات آسیب‌دیدگان می‌رود. مرد می‌گوید:

«تا برسند کسی زنده نمانده.»

زن که خرده شیشه‌های روی فرش را جمع می‌کند با صدای مرد قد

راست می‌کند و می‌آید کنار او رو به تلویزیون می‌ایستد:

«ببین، شاید پرنده‌ها زودتر می‌فهمن.»

مرد گیج می‌گوید: «پرنده‌ها؟»

زن می‌گوید: «پشت پنجره آشپزخونه...»

مرد نیم‌خیز می‌شود رو به تلویزیون:

«آخ نگاه کن...»

تلویزیون از بالا مناطق زلزله‌زده را نشان می‌دهد.

«سه روز بود که صداشون...»

مرد به تلویزیون زل زده است.

«شرط می‌بندم همه زنده به گور بشن، همه چی کم دارن، لودر، تراکتور...»

زن مرد را رها می‌کند می‌رود خاک‌انداز پُر از شیشه‌خرده را توی شوتینگ خالی می‌کند. چه جوری به او بگوید که قمری ها...

می‌آید، می‌نشیند کنار میزعسلی. دفترچه تلفن را برمی‌دارد شماره حوادث غیرمترقبه را پیدا می‌کند. اما دیروقت شب است و حالا در اداره حوادث غیرمترقبه کسی بیدار نیست و اگر هم باشد؟ تا گوشی تلفن را بردارد مرد گیر سه‌پیچ می‌دهد. اما باید زنگی بزند و توضیح کوچکی بدهد که قمری‌ها...

تلفن زنگ ممتد می‌زند. زن جوری ایستاده است که مرد او را تلفن به‌دست نبیند. نه، هیچ خبری نیست. فردا، فردا می‌تواند با خیال راحت زنگ بزند و هرچه را می‌داند بگوید.

صبح صدای قمری‌ها دوباره گرفته است.

دوباره انگار از چیزی خبر دارند.

زن سماور را روشن می‌کند. میز صبحانه را می‌چیند نه، امروز به مدرسه نمی‌رود. به دفتردار زنگ خواهد زد و خواهد گفت که

قمری‌ها...

دفتردار پشت تلفن می‌خندد: «دِ بگو مرخصی می‌خوای دیگه چرا قمری...؟»

گوشی را می‌گذارد. لحظه به لحظه به ساعت نگاه می‌کند.

ساعت که می‌رود روی هشت، شماره می‌گیرد. هیچ‌کس گوشی را برنمی‌دارد. هشت‌ونیم، نه‌ونیم و سرانجام ساعت ده صدایی بم و آرام گوشی را برمی‌دارد.

«اداره حوادث غیرمترقبه؟»

«بله.»

سعی می‌کند آرام و آهسته حرف بزند تا مردش را ازخواب بیدار نکند.

«آقا من دو تا قمری دارم...»

«به دامپزشکی زنگ بزنین.»

تلفن قطع می‌شود.

زن یک بار دیگر شماره می‌گیرد. صدایش را این بار صاف و محکم می‌کند.

«اداره حوادث غیرمترقبه؟»

«بله.»

«پرنده‌ها می‌تونن...»

«گفتم به دامپزشکی زنگ بزنین.»

زن می‌نشیند کنار میز تلفن. دوباره شماره می‌گیرد. باید صدایش را عوض کند. باید جوری حرف بزند که... که چی؟ که باور کنند...

«آلو...؟»

«بله.»

«آقا، من از زلزله خبر داشتم...»

صدا پوزخند می‌زند:

«جن گیرید؟»

«نه آقا، من دو تا قمری دارم.»

صدا خسته می‌گوید:

«با این شماره تماس بگیرید.»

زن شماره را یادداشت می‌کند. می‌رود یک بطری آبِ خنک از یخچال برمی‌دارد و دوباره می‌نشیند و شماره می‌گیرد:

«ستاد پیشگیری از زلزله؟»

«بله.»

«من دو تا قمری دارم...»

«همه خانم‌ها دو تا قمری دارند.»

زن تلفن را قطع می‌کند. پیشانی‌اش عرق کرده. نه باید دوباره زنگ بزنی. باید جوری حرف بزنی که باور کنند. باید... جرعه‌ای آب می‌نوشد. دوباره تلفن را برمی‌دارد. همان مرد است با همان صدا و همان لحن.

«خواهش می‌کنم گوش کنین قمری‌های من سه روز بود که با هم نمی‌خوندند.»

«می‌دونم خانم بعضی وقتا خانم‌ها، قمری‌هاشون لنگه به لنگه هست با هم نمی‌خونند.»

«آقای عزیز من جدی می‌گم.»

«از من جدی‌تر؟»

«این یه مسأله ملیه.»

مرد می‌گوید: «بر منکرش لعنت.»

«شغلتونو جدی نمی‌گیرین؟»

«در عوض تا دلت بخواد قمری‌ها رو جدی می‌گیرم.»

زن می‌گوید: «آقا...»

مرد آهسته می‌گوید: «بعداً زنگ بزن رئیسم اومد.»

زن گیج تلفن را می‌گذارد و با صدای در سر می‌چرخاند، مردش از خواب بیدار شده. صدایش خش‌خش دارد:

«به کی می‌گفتی دو تا قمری دارم؟»

نگارش اول: تهران ۲۰۰۳

بازنویسی نهایی: هندرسن ۲۰۱۲

میلاد

گفت: «ما در مرحله گذار هستیم...»

زن گفت: «مقصودت مرحله غارت است؟»

پشت پنجره ایستاده بود. گوشی تلفن به دست تقلا می‌کرد میان دود و کثافت، برج میلاد را ببیند. پیدا نبود. روبه‌رویش پایتخت مثل زنی بدبخت و فلک‌زده، زنی که با آخرین تقلاها به چشمان چلقیده و کورش سرمه کشیده باشد، نشسته بود.

دماوند پیدا نبود و نه هیچ کوه دیگر...

می‌گفت: «همه کشورها این لحظات را تجربه کرده‌اند.»

می‌گفت: «همه جا لندن، پاریس...»

زن گفت: «حالا نوبت تجربه‌ی مونگلاست، اونم تو قرن بیست و یکم.»

مرد گفت: «اگر منطقی فکر کنی...»

زن چرخید رو به قفسه کتابخانه و گفت:

«منطقم رفته تو منطقه جاکشها جاکشی یاد بگیره.»

دستش ماند روی کتاب زرشکی. کتاب را برداشت. کتاب‌های دیگر روی هم یله شدند. ورق زد.

«حتماً باید اینجا باشد.»

مرد گفت: «به هر حال دوران گذار است.»

زن ورق‌زنان گفت: «گذار به چی؟»

«به همان چیزی که تو می‌خواستی.»

زن گفت:

«لازمه برای رسیدن به این چیز همه توی یه کاسه گُه غلت و واغلت بزنیم؟»

خنده مرد پاک مصنوعی بود.

«هنوز همانی که بودی.»

زن گفت: «خیال می‌کنی.»

مرد گفت: «یعنی عوض شدی؟»

«چه جور.»

به لیست داستان‌ها نگاه کرد. اتاق شماره‌ی شش توی اینِ یکی هم نبود. روی صفحه کاهی چخوف مؤذیانه می‌خندید. فکر کرد: زمانِ تو جای خندیدن هنوز بود.

بلند گفت: «خوش به حالت.»

مرد گفت: «اینجا هم گرفتاری‌های خودشو داره.»

زن به گوشی زرشکی زل زد. چه گفته بود؟

«با تو نبودم.»

«کسی اونجا هست؟»

«آره.»

«کی؟»

«یه مرد چهل ساله‌ی شوخ و شنگ.»

«پس خوش به حال تو.»

«می‌خوای باهاش حال و احوال کنی؟»

«نه.»

«چه بهتر.»

«چرا؟»

«چون اولاً تورو نمی‌شناسه. دوماً نمی‌تونه حرف بزنه.»

«لالهِ؟»

«نخیر... عکسه.»

«عکس منه؟»

«عکس چخوف.»

«نگفتم عوض نمی‌شی.»

صدا شاد بود.

«شدم. باور کن.»

«چه‌طوری؟ تو هنوز عین گنه می‌چسبی به همه چیز.»

«به تو یکی نمی‌چسبم.»

«یه زمانی چسبیدی.»

«خیال می‌کردم آدمی.»

«نبودم»

«بودی؟»

«نگفتم عوض نمی‌شی.»

«دِ... شدم... خیلی وقته...»

زن نشست روی صندلی پاشنه پاها را روی لبه‌ی میز گذاشت.

«حوصله‌ت سر رفت؟»

«نه به خدا.»

«می‌دونی اصل قضیه چیه؟»

«نه.»

«حق داری.»
«حق دارم که چی؟»
«که ندونی.»
«خوب بگو تا بدونم.»
«بگم هم نمی‌فهمی.»
مرد خندید.
«حالا تو بگو.»
«واقعاً می‌خوای بدونی.»
«حتماً.»
«ببین اون وقتا تا زانو تو گُه بودیم، حالا تا خرخره.»

برای لحظه‌ای صدا خاموش شد.
«پیداست حالت خوش نیست.»
«نخیر خیلی هم سرحالم.»
«می‌بینم.»
«تو کی می‌دیدی که حالا ببینی؟»
«خودت خواستی بمونی اونجا.»
«نمی‌خواستم فلنگو ببندم.»
«الان می‌خوای؟»
زن آب دهانش را قورت داد.
«بی‌خیال شو.»
«می‌تونم برات کاری کنم؟»
«هیچ کس نمی‌تونه برای من کاری کنه.»
«مثل همیشه لج‌باز.»
«نه مثل همیشه، بدتر از همیشه.»
«آخه...»

«آره می‌خوام بمونم تا آخرش.»
«که چی بشه؟»
«که همه بفهمن مال من نیست.»
«اون جریان واقعاً جدیه؟»
«زنگ زدی اینو بدونی؟»
«زنگ زدم صداتو بشنوم.»
«که ببینی شبیه صدای یه مامان هست یا نه؟»
«هر جور می‌خوای فکر کن.»
«خوش دارم این‌جوری فکر کنم.»
«باشه فقط سعی کن خونسرد باشی.»
«نمی‌شه! وقتی تو گُه غلت می‌زنی خونگرم می‌شی.»
«نفسم برید بسه دیگه.»
«پس چرا قطع نمی‌کنی؟»
«گفتم که می‌خواستم صداتو بشنوم.»
«نخیر زنگ زدی که خبر بگیری.»
«حالا خیال کن این‌جوره.»
«خیال نیست، عین واقعیته.»
«ببین، اگر ناراحتی خداحافظی کنم.»
«نه برای اینکه سه‌قلو نزایی می‌گم.»
«گوش می‌دم.»
«خیلی وقته گرفتارم.»
«یعنی هیچ قاعده و قانونی نیست؟»
«چرا قاعده‌ش اینه که من تنها زن تنهای این ساختمان هستم.»
«خوب باشی؟»
«دِ، نمی‌شه. زن تنها یعنی یه لنگ باز.»
«آن‌وقت‌ها می‌گفتی یه باغ بی‌حصار.»

«آن‌وقت‌ها شاعر بودم. حالا طبق فرمایشات امت شهیدپرور خائنم.»

«بچه پشت در خونه تو بوده.»

«پس خبرا رسیده.»

«خب، شهر کوچیکه.»

«اندازه تهرون.»

«جدی می‌گم، آدم اینجا وقت زیاد می‌آره.»

«پس تو توی وقت اضافی داری بازی می‌کنی؟»

«نه نگران بودم.»

«که چی؟»

«که اذیت بشی.»

«شدم...»

صدا جاخورده و بلند می‌گوید:

«زندان بودی؟»

«نه، می‌رم.»

«برای چی؟»

«همه دیدن که من داد می‌زدم، جیغ می‌کشیدم، مشت هوا می‌کردم. همه دیدند. هم صدای گریه بچه را شنیدن، همه مرا دیدن که شکمم بالا آمده بعد از یه مدتی غیبم زده و بعد...»

«همون موقع که شاید رفته بودی شیراز.»

«شیراز نه نیشابور.»

«رفته بودی چکار؟»

«رفتم پیش خیام.»

«تو چله زمستون؟»

«حتماً ماه و روزش هم می‌دونی.»

«گفتم که تو شهر کوچک...»

«شهری که اندازه تهرونه.»

«ببین من تو یه شهر کوچکم، خیلی کوچک و پُر از ایرانی.»

«پس تمام داستان رو از بَری؟»

«نه چندان.»

«می‌خوای بشنوی؟»

«فقط می‌خوام کمک کنم اگر...»

«اگر رو بشاش بهش، فعلاً گیرم.»

«پیش دکتر زنان هم رفتی؟»

«بله رفتم، یعنی بردنم.»

«چی گفت؟»

«چی گفته باشه خوبه؟»

«چه می‌دونم.»

«فعلاً یه نامه دارم یه گواهی که لِنگ من مثل لِنگ همه آدم‌های اینجا نه بازه، نه بسته.»

«پس بچه ازکجا اومده؟»

«ای چس..»

نفسی توی تلفن رها می‌شود.

«پس گذاشتن پشت در...»

«گائیدن و گائیده شدن این جا خرجی نداره.»

«آخه چرا؟»

«چون من گفتم نوچ نوچ نوچ.»

«یعنی چی؟»

«یعنی وقتی داد می‌زنم می‌گم زیر همه چی زاییدم، هیچ‌کس نمی‌فهمه... نمی‌خواد بفهمه، چون همه زیر همه چی زاییدن و حق دارن.»

«حق دارن؟»

«آره، چون خیلی وقته تو دست‌هاشون سنگه، دایم می‌گن ها... ها، ما این سنگ‌ها رو کجا بندازیم؟»

«باز شوخی می‌کنی.»

«نه جدی، خیلی جدی.»

«تو چی؟ تو کجا می‌اندازی؟»

«چی رو؟»

«سنگی که تو دستته.»

«خیال می‌کنی زنگ زدم که خبرچینی کنم؟»

«ابداً.»

«مسخره می‌کنی؟»

«اصلاً.»

«عجب.»

«عجب تو ماه رجبه، اینجا همیشه رمضانه.»

«می‌خوای قطع کنم بعداً بگیرم؟»

«گرفتنی نیست. خیلی وقته پریده.»

«به هر حال اگر چیزی خواستی...»

«فقط یه چیز.»

«بگو. »

«از صدات بالا میارم، از مرحله گذارت، از استقلالت، از...»

نگارش اول: تهران دی‌ماه ۱۳۸۴

بازنویسی نهایی: هندرسن ۲۰۱۲

تهران ۲۰۰۶

این همان خیابان است؟ همان خیابان که نامش مصدق بود؟ و این مغازه‌ها با ویترین‌های تزئین شده و کف‌پوش‌های سرخ، همان مغازه‌هایی است که تو هر روز صبح با یک دسته اعلامیه از روبه‌رویشان می‌گذشتی و به سرعت باد و برق کنار درهای بسته اعلامیه‌ای می‌گذاشتی؟

همین‌جا بود که داد زدی: «بختیار، نوکر بی‌اختیار؟» یا روبه‌روی این مغازه‌ی دونبش بود که صدای فریاد دسته‌ای را شنیدی که از شیب خیابان بالا می‌آمدند: «تا شاه کفن نشود، این وطن، وطن نشود.» این گوشه را دیگر فراموش نکرده‌ای، نگاه کن، با مشت‌های گره کرده و دهان‌های باز، پا بر زمین می‌کوبند و می‌آیند: «بنی‌صدر، صددرصد.» اینجا، چسبیده به دیوار، با حیرت نگاه کردی تا موجی که راه افتاده بود، بگذرد.

موج پسِ موج گذشته است و تو حالا ایستاده‌ای اینجا، پشت ویترین این مغازه بزرگ. نگاه کن بی ترس و واهمه. در این خیابان، دیگر هیچ‌کس، هیچ‌کس تو را نمی‌شناسد.

پا کج می‌کنی، می‌روی توی فروشگاه، آقای فروشنده، مؤدب، تعلیم‌دیده و خوش‌لباس جلو می‌آید:

«بفرمایید؟»

باید لبخند بزنی، سر بچرخانی، یعنی که داری انتخاب می‌کنی. باید وانمود کنی که خریداری، علاف خیابان نیستی، علاف خاطره‌ها. اشاره می‌کنی به یک میز ناهارخوری با شش صندلی.

«این سِت... چند؟»

«سه میلیون.»

ژستِ بی‌اعتنایی کامل. لبخند به لب یک صندلی را باید عقب بکشی، رویش بنشینی و وانمود کنی که امتحان می‌کنی.

«صندلی‌اش راحت نیست.»

مرد به سِت دیگر اشاره می‌کند.

«این یکی هم هست، کمی گران‌تر.»

«قیمتش مهم نیست.»

ست دیگر هوش از سرت می‌پراند اما چرم قهوه‌ای گوشه‌های میز به آشپزخانه‌ات نمی‌خورد.

دروغ که خُناق نمی‌آورد.

فروشنده تعظیم می‌کند.

«چند روز دیگر جنس‌های تازه از ایتالیا می‌رسند.»

کارت فروشنده را می‌گیری، با لبخندی روی پاشنه‌ی پا می‌چرخی و از فروشگاه بیرون می‌آیی.

مغازه‌ی بعدی جواهرفروشی نیست، اما درش به این سادگی باز نمی‌شود. کسی باید از داخل شاسی کوچک را بفشارد تا در صدایی کند و باز شود.

حالا می‌توانی گلدان‌ها، بشقاب‌ها و ظرف‌های چیده شده در

ویترین‌ها را از نزدیک ببینی.

«این گلدان؟»

«دویست و پنجاه هزار تومان.»

«و این ظرف میوه‌خوری؟»

«هفتصدهزار تومان.»

نقش روی ظرف لویی پانزدهم است، تروتمیز و مرتب، انگار نه انگار همان پادشاهی است که سال به سال دستش به آب نمی‌رسید: حالا طوماری در دست کنار صندلی‌اش ایستاده.

«دست نزنید لطفاً!»

به سر و زلف لویی دست کشیده‌ای تا ببینی آنچه تاریخ می‌گوید حقیقت دارد؟ مردی جوان و خوش‌تیپ با اخمی روی پیشانی پشت سرت. مردی که می‌داند تو خریدار این اشیاء نیستی. نه، نباید به لویی پانزدهم نزدیک شوی. نباید دست بزنی، فقط می‌توانی اشاره کنی، به لویی اشاره کنی و توی دلِ خودت بگویی این همان پادشاهی است که بوی گند می‌داد و به خاطر همین بوی گند بود که کارخانه‌های عطرسازی توی فرانسه راه افتاد. و بعد توی سرت بچرخد که بعضی‌ها از بوی گند به عطر می‌رسند و برخی از عطر به بوی گند...

مرد جوان سرفه می‌کند، تو از لویی می‌گذری تا به لیوان پایه‌بلندی خیره شوی که انگاری برای دستان کلئوپاترا ساخته شده ـ اینجا بازی بی‌فایده است. بُهتی که در چهره داری پیشاپیش تو را لو می‌دهد، دستت دراز نمی‌شود برای لیوان، دستت می‌چپد توی جیبی که مدت‌هاست دیگر خالی است. بدترین بی‌پناهی، بی‌پناهیِ دست‌هاست. چشم‌های بی‌پناه می‌توانند بسته شوند، دست‌ها اما، دست‌ها کجا می‌توانند بروند؟ با دلهره‌ی شکستن ظرف‌هاست که بیرون می‌آیی. میلی برای شکستن نیست، شکستن هیچ چیز. پشت شیشه‌ی مغازه به گلدانی که مثل بالرین روی پایه‌اش می‌چرخد، نگاه می‌کنی. این فروشگاه آن‌وقت‌ها

نبود. آن وقت‌ها کِی بود؟

گُند و سنگین راه می‌افتی. همه‌ی این فروشگاه‌ها، برج‌ها از کِی توی این خیابان سبز شدند؟ و این پارک کوچک، آن‌وقت‌ها نبود، بود؟

می‌ایستی روی پاهایی که دیگر چابک نیستند. پاهای بیست سالگی‌ات کجاست؟ پاهایی که می‌گریختند از این خیابان به آن خیابان، از این کوچه به آن کوچه؟

می‌گویی: بشکه، راه بیفت!

روی پاهای پنجاه سالگی به پارک نزدیک می‌شوی. بچه‌ها تروفرز از سُرسره بالا و پایین می‌روند. چند قدم دیگر اگر برداری به نیمکت رسیده‌ای و همین‌جاست که مردی باریک و لاغر با لباسی نه‌چندان نو می‌آید، جلوت سبز می‌شود، دست‌هایش را تکان می‌دهد و صدایی نامفهوم از گلویش خارج می‌شود. تقلا می‌کند چیزی بگوید، چیزی که خوشایند توست. خوب که نگاه می‌کنی، از حرکت دستش چیزکی می‌فهمی. دارد به قد و بالایت اشاره می‌کند، به چین‌های پایین دامنت و با زبان بی‌زبانی می‌گوید: بیست، نمره‌ات بیست!

حالا فروشگاه‌ها، برج‌ها و بچه‌ها غیب می‌شوند. تنها مرد می‌ماند که صورتی جوان و سرخ دارد. از خجالت است که صورتش این‌جور گل انداخته؟ یعنی از این بشکه خوشش آمده، از بشکه‌ای که تو باشی؟ نه، حتماً او را به یاد کسی می‌اندازی، مادرش شاید. اما هیچ پسری به مادرش این‌جور نگاه نمی‌کند. چشمان مرد می‌درخشد و دائم نوک انگشت اشاره و شستش را به‌هم می‌چسباند، توی هوا تکان می‌دهد و با لذت نگاهت می‌کند. چند وقت است که هیچ‌کس، هیچ‌کس، این‌جور نگاهت نکرده؟ اصلاً چند سال از آخرین باری که گونه‌هایت از حرفی یا نگاهی گل انداخته می‌گذرد؟ نه، لب‌خوانی نمی‌دانی اما هنوز چیزی در تو زنده است، حسی که می‌تواند کُدهای انسانی را بخواند. کُدهای حرکت مرد جوانی را که لال است و با بی‌زبانی تو را تحسین می‌کند.

مرد هنوز به لباس و کیف و اندامت اشاره می‌کند و با لذت سر تکان می‌دهد. می‌خندی، حتماً گونه‌هایت سرخ شده که صورتت این‌جور گُر می‌گیرد. سر می‌چرخانی، روی نزدیک‌ترین نیمکت به تو، زنی نشسته است. زیبا، خوش‌پوش، زنی که به تو لبخند می‌زند. به تو یا ماجرای تو؟

«من که نمی‌دونم این چی داره می‌گه!»

خوشحالی‌ات را با این کلمات پنهان می‌کنی. روی نیمکت می‌نشینی. زن لبخند پاکیزه و زیبایی دارد.

«مراقب باشید خانم، اینها باندند.»

«باند؟»

روسری حریر صورتی، صورت زیبایش را قاب گرفته. با حرکتی با وقار سر تکان می‌دهد.

«بله، این‌جوری میان خانم. یکی تو رو مشغول می‌کنه، یکی دیگه کیفت رو می‌زنه.»

دلت نمی‌خواهد باور کنی. مرد هنوز همان‌جا ایستاده، اما دیگر از حرکات دست و سر خبری نیست. زن دوباره دندان‌های سفیدش را نشان می‌دهد.

«ببین، موبایلت رو دربیار بگو به ۱۱۰ زنگ می‌زنم، بعدش می‌بینی چه می‌کنه.»

موبایلت را از توی کیف بیرون می‌آوری. زن بلند می‌گوید:

«به ۱۱۰ زنگ بزن!»

با صدای زن، مرد به طرف پیاده‌رو می‌رود، کنار خیابان بساط کوچکش را جمع می‌کند. زن به موتورسیکلتی کنار خیابان اشاره می‌کند:

«الان می‌پره رو موتور.»

جلو چشمانت مرد تخته‌گاز می‌راند و می‌رود.

به نیمکت تکیه می‌دهی، گرما، بوق ماشین‌ها، جیغ بچه‌ها، عرق از روی شقیقه‌ات شره می‌کند. وارفته موبایل را توی کیف می‌گذاری،

پاکت سیگارت را بیرون می‌آوری. فندک، فندکت کجاست؟

زن می‌گوید:

«من سیگاری‌ام اما اینجا که میام سیگار و فندکم رو می‌گذارم خانه.»

رهگذرانی می‌گذرند، مردی، زنی، جوانی. هیچ‌کس فندک ندارد.

زن می‌گوید:

«تو اون دکه فندک می‌فروشن.»

دکه در انتهای پارک است، درست روبه‌روی تو. صدمتری باید بروی با این گام‌های کُند و خسته.

همان‌جا جلو دکه و میان مشتریان مرد، سیگارت را روشن می‌کنی، بی‌اعتنا به نگاه‌ها. سلانه سلانه می‌آیی تا برسی به زن که آرام نشسته است و با لبخند شیرینش به تو نگاه می‌کند.

می‌نشینی، پکی عمیق به سیگارت می‌زنی تا سیگاری دیگر روشن کنی. بیزار از هوا و صداها می‌گویی:

«چقدر همه چیز عوض شده!»

زن می‌گوید:

«تغییر ثانیه به ثانیه است.»

می‌گویی:

«آن وقت‌ها این خیابان پُر از دار و درخت بود.»

می‌گوید:

«دیگر درختی نمانده، تا هست سیمان است و ماشین و باندهای عجیب و غریب.»

به خیابان خفه از ماشین نگاه می‌کنی، آن‌وقت‌ها آدم‌ها خیابان را خفه می‌کردند. می‌گویی، به خودت، تو بشکه نیستی، تو نردبانی. نردبانی که خیلی‌ها از آن بالا می‌روند تا برسند به یک فروشگاه شیک بزرگ، یک صندلی محکم و قرص، یک حساب بانکی پروپیمان...

«همیشه این‌قدر سیگار می‌کشید؟»

می‌گویی:

«وقتی یاد گذشته‌ها می‌افتم.»

می‌گوید:

«خاطره‌ها؟»

خیال می‌کنی چیزی در چشمان درشت و روشن زن جمع می‌شود، شفاف می‌شود چشمانش، و تو می‌ترسی ثانیه‌ای دیگر گونه‌های خیس از اشکش را ببینی.

«شما که سن و سالی ندارید.»

«همه‌ی ما از این شهر خاطره داریم.»

«اما خاطره‌ها با هم فرق دارند.»

«درسته، توی بمباران‌ها من بچه بودم، پنج شش ساله.»

«فقط بمباران نبود.»

«می‌دانم، جنگ داخلی، زدوخورد خیابانی...»

«با این همه، امنیتی آن‌وقت‌ها بود که حالا نیست.»

زن می‌گوید:

«درسته، من دیگر خیلی وقت است بیرون که می آیم با خودم کیف نمی‌آورم. فقط دسته‌کلید و موبایلم را می‌گذارم توی جیبم.»

زن به بچه‌های توی پارک نگاه می‌کند. چیزی مثل برق در چشمانش روشن و خاموش می‌شود:

«به‌خصوص باید مراقب بچه‌ها بود.»

صدای زن آرام و دلنشین است و تو گوش می‌دهی به قصه‌هایی که از شهر دارد. به قصه‌ی زنان تنهایی که غارت شده‌اند، به سرگذشت بچه‌هایی که دزدیده می‌شوند، به داستان جوانانی که معتاد شده‌اند...

تشنه‌ای، خیلی تشنه، دلت می‌خواهد توی حوضی از آبِ یخ بروی و غلت و واغلت بزنی تا این گرمای بی‌پیر دست بردارد از سرت، از ذهنت. بلند می‌شوی، دست روی شانه‌ی زن.

«من خیلی تشنه‌ام، شما چی می‌خورید؟»

زن با گونه‌های برآمده‌ی دلچسب، سر بالا می‌گیرد. مژه‌های پرپشت وبلند به ابروانش می‌خورند.

«شما زحمت نکشید، من...»

با فشار دست او را ساکت می‌کنی و راه می‌افتی. کم‌کم لبخند زن به جای صداها و ماشین‌ها می‌نشیند. با خودت می‌گویی: بشکه، دنیا زیاد هم زشت نیست، هنوز می‌توانی کنار کسی بنشینی و حرف بزنی، هنوز می‌توانی نوشابه‌ات را با لذت جرعه جرعه بنوشی و به چشمان خندان کسی نگاه کنی.

زن اولین جرعه‌ی نوشابه را با لذت می‌نوشد و تو می‌پرسی:

«شما همیشه اینجا می‌آیید؟»

«تقریباً، بیشتر صبح‌های زود میام که هوا تمیزه.»

موبایل زن زنگ می‌زند. زن با طنازی و حرکت زیبای سر موبایلش را از توی جیب در می‌آورد و می‌گوید: «الو... الو... الو... نخیر، خط نمی‌ده...» گوشی را توی جیب می‌گذارد. دلت می‌خواهد شماره تلفنش را بگیری، دلت می‌خواهد شام با او در رستورانی کوچک بنشینی و حرف بزنی. زن می‌گوید: «چسبید.» و شیشه‌ی خالی نوشابه را روی زمین می‌گذارد.

موبایل دوباره زنگ می‌زند. دوباره زن می‌گوید: «الو... الو... خط نمی‌ده...» و تلفن را که خاموش می‌کند رو به تو می‌خندد، همان خنده‌ی دلنشین و طناز، و همین‌جاست که تو می‌پرسی:

«شما تنها زندگی می‌کنید؟»

و او می‌گوید:

«بله، اگر آقایان بگذارند.»

هر دو می‌خندید، شماره‌ها رد و بدل می‌شود، شماره‌ی خانه و موبایل او را وارد موبایلت می‌کنی. باید جشن بگیرید، جشن آغاز یک

دوستی. با دوتا نوشابه‌ی خنک دیگر شروع می‌کنید، نیم ساعت دیگر که هوا خنک شود به رستورانی خواهید رفت و بعد از آن به خانه‌ی زن.

جلو دکه ایستاده‌ای. تا نوبت به تو برسد پنج دقیقه‌ای گذشته است. دوتا نوشابه‌ی خنک می‌گیری و راه می‌افتی. شتاب‌زده می‌روی اما از دور که نگاه می‌کنی روی نیمکت هیچ‌کس نیست.

نزدیک‌تر می‌شوی، دوتا نوشابه توی دست، می‌نشینی به انتظار. گردن می‌کشی، نگاه می‌کنی، هیچ‌کس، هیچ‌کس نیست. کیف را باز می‌کنی تا موبایلت را برداری و به او زنگی بزنی.

موبایلت نیست.

پولت نیست.

شناسنامه‌ات نیست.

غارت شده‌ای.

نگارش اولیه: تهران ۲۰۰۶

بازنویسی نهایی: هندرسن ۲۰۱۲

زنی جامانده در فرودگاه

او همیشه خودش را در فرودگاه‌ها جا می‌گذارد.

و حالا در فرودگاه کپنهاک...

نفس‌زنان می‌رود تا به باجه تحویل بار برسد. کوله‌پشتی اسپایدرمن؛ ساک دستی و چمدانی پر از سوغاتی و بارهایی که این و آن داده‌اند و هزار کرون اضافه بار.

خسته از رودربایستی‌های خودش، کوله‌پشتی و ساک دستی‌اش را می‌گیرد و از پله‌های بی‌پیر هواپیما بالا می‌رود؛ تنه می‌خورد؛ تنه می‌زند و سرانجام صندلی‌اش را پیدا می‌کند. می‌نشیند.

نه دیگر هیچ چیز را از هیچ‌کس نمی‌گیرد. می‌توانست با هزار کرون پوستر تابلوی شام آخر را بخرد و بارانی‌ای که پشت ویترین مغازه‌ای در استکهلم دید. فقط برای دیگران خرج می‌کنی برای خودت اصلاً... روابط شرقی احمقانه...

به صندلی تکیه می‌دهد؛ چشمش به علامت بستن کمربند می‌افتد. هزار کرون با پوستر شام آخر و بارانی دور می‌شوند... با دست‌های

خیس و یخ‌زده کمربندش را می‌بندد... فقط بیست دقیقه اول سخت است وقتی هواپیما اوج می‌گیرد...

تپش قلبش را دوتا قرص زنکس آرام می‌کند. قرص‌ها را می‌بلعد بدون آب.

«این همه آهن چطور می‌تواند توی هوا دوام بیاورد؟»

«چه حرف‌ها می‌زنی؟ هر روز این همه آدم با همین آهن‌ها جابه‌جا می‌شوند...»

آبِ دهانش را قورت می‌دهد. چهره‌های هموطنانش را بعد از یازده روز می‌بیند. خوشحال از شنیدن واژه‌های فارسی نگاه می‌کند، روسری‌ها روی شانه‌ها افتاده. و کشوهای بالای صندلی‌ها تق‌تق صدا می‌کند. بلند می‌شود ساک دستی و کوله‌پشتی را توی کشوی بالای سرش جا می‌دهد. هنوز ننشسته کوله‌پشتی روی سرش می‌افتد.

«این نشونه بدی است.»

«درِ کشو رو خوب نبسته بودم.»

«خودت می‌دونی که داری...»

«خفه می‌شی یا نه...»

میهمانداری می‌آید با لبخند چیزی به زبان سوئدی می‌گوید و کوله‌پشتی را توی کشوی دیگر می‌گذارد.

لبخند، لبخند و همان واژه معروف: اوکی؟

«مرگ ایرانی و سوئدی سرش نمی‌شه...»

«مرگ کجا بود؟ مگه بار اولته که با هواپیما می‌ری؟»

آخرین مسافر هم می‌نشیند. حالا طبال توی سینه‌اش شروع می‌کند. می‌داند که با شروع حرکت مهمانداران غیب می‌شوند. توی بلندگو کسی غرغر می‌کند و تلویزیون روشن می‌شود. نگاه نمی‌کند... ماسک اکسیژن... اول به خودتان ماسک بزنید.

جلیقه نجات... سُر خوردن توی آب... اول کودکان را نجات دهید.

پشت پنجره بسته و خفه هواپیما مردی با لباس نارنجی و لوله‌ای که در دست دارد روی جیپی می‌پرد و دور می‌شود. کمی دورتر زیر هواپیمایی کوچک دو مرد خم شده‌اند.

«نقص فنی داره.»

«نه دارن بنزین می‌زنند.»

«خر خدا مگه باک هواپیما این‌جاست.»

سرش را تکان می‌دهد روی می‌گرداند. مسافران نشسته‌اند و تلویزیون آخرین نکات ایمنی را هم می‌گوید و خاموش می‌شود.

«وای داره حرکت می‌کنه...»

«یه قرص بخور راحت می‌خوابی...»

«قرص‌هام تمام شده...»

«دیگه همه چی تمامه... آها می‌بینی از زمین کنده شدیم معلوم نیست دوباره بتونی رو زمین قدم بزنی.»

«خفه؛ خفه‌شو...»

نه، دیگه هیچ وقت سوار هواپیما نخواهد شد. هیچ‌وقت.

سنگ و منگ می‌شود.

فقط ده دقیقه اول.

ده دقیقه نَه و بیست دقیقه.

حالا چقدر گذشته؟

فرق نمی‌کنه تا ثانیه آخر هم فرصت هست.

صفحه تلویزیون هواپیمای لوفت‌هانزا روشن می‌شود. مقصد، ساعت فرود، خیره به اعداد، کمی تکان می‌خورد. از گوشه‌ی چشم به پنجره نگاه می‌کند. از زمین دور شده‌اند، دورِ دور. لبانش تکان می‌خورند.

«دعا می‌خوونی.»

گوش نمی‌دهد.

و... دعا می‌کند که تلویزیون تا آخرین لحظه روشن باشد. در طول راه و در همه سفرها دایم نگاه می‌کند ببیند چقدر دیگر مانده. بالای سرش علامت کمربندها را بسته نگه دارید همچنان روشن است... هنوز خطر رفع نشده... آبِ دهانش را قورت می‌دهد و دسته صندلی‌اش را محکم می‌چسبد.

نه، به همین سادگی هم نیست. تجربه بشری می‌گوید سرنوشت... اگر سرنوشتت باشد که...

عرق پیشانیش را پاک می‌کند. دلش یک لیوان آب می‌خواهد. علامت کمربند خاموش می‌شود. صدای خش و خش میهمانداران که خودشان را برای پذیرایی از مسافران آماده می‌کنند. هواپیما تکان کوچکی می‌خورد. با خودش: مسیر عوض می‌کند، شاید گرفتار ابر شده. گردن می‌کشد. میان ابرها هستند. هنوز نتوانسته خودش را بالا بکشد. میهمانداران با چرخ نوشابه‌ها از دور می‌آیند و تلویزیون می‌رود روی فیلمی که باید نشان بدهد. زنی نیمه‌عریان می‌آید با جام شرابی در دست. نگاه نمی‌کند.

«میان زمین و آسمان نباید این جور فیلم‌ها.»

و میهماندار می‌پرسد چه می‌خواهد:

ـ Cafe... tea... or?

بیزار است از کلمه‌ی or

ای کاش سازمان هواپیمایی دنیا خیلی چیزها را در هواپیما منع می‌کرد. بغل دستیش شراب می‌خواهد. اگر قطره‌ای از آن روی دستش بریزد هواپیما... فکرش را کامل نمی‌کند. چقدر همسایه‌ها با هم فرق دارند؛ همسایه زمینی‌اش برای هر چیزی دعایی دارد. حتماً برای پرواز هم... اما حالا بی‌فایده است... دیگر نباید او را برنجاند... بهترین سوغاتی را به او می‌دهد جوراب کلفت سیاه هم خریده و شکلات...

تمام شکلات‌ها را به او می‌دهد. چطور است تمام آیه‌هایی را که در دبستان و دبیرستان یاد گرفته و به یادش مانده بخواند. چه فرق می‌کند خدا مهربان است و قبول می‌کند. چشمانش را می‌بندد و با خودش فکر می‌کند اگر پایش به زمین برسد در اولین صندوق صدقات پول بیندازد. زنی که او را توی فرودگاه کپنهاک جا گذاشته سروکله‌اش پیدا می‌شود و توی گوشش می‌گوید:

«صندوق صدقات مال راستی‌هاست.»

با آرنج می‌زند به پهلوی زن:

«تو از کجا می‌دونی؟»

«خودت گفتی.»

«من گُه خوردم.»

«می‌ترسی؟»

«نخیر آدم ایمانش که کامل باشه از هیچی نمی‌ترسه.»

«ایمان به چی؟»

«ایمان به کسانی که به مردم کمک می‌کنن.»

«دیونه شدی.»

«دیونه خودتی، این همه عروسی رو کی راه می اندازه؟»

«کار با این عروسی‌ها درست می‌شه؟»

«پس با چی درست می‌شه؟ با نق زدن؟»

«خودت نگفتی مردم خودشونو می‌دن دست صندوقا و می‌رن تو جاده‌ها تصادف می‌کنن؟»

«از این کلمه استفاده نکن.»

«از چه کلمه‌ای؟»

«نمی‌دونم.»

«مقصودت تصـ...»

«وای.»

دسته صندلی را می‌چسبد. هواپیما تکان تکان می‌خورد و نیم‌ساعتی توی مهی غلیظ افتان و خیزان می‌رود تا زن فکر کند:

«دارم تقاص پس می‌دم.»

«مگه چه کار کردی؟»

گوش نمی‌دهد؛ برای خودش مثل روز روشن است که بی‌عقلی کرده و حرف‌های ناجور...

نه، دیگر نمی‌زند قول می‌دهد به خدا به هرکس که لازم باشد به جناح راست یا جناح چپ.

هواپیما آرام می‌شود خسته و فلک‌زده است. خوابش نمی‌برد. بغل دستیش دارد لپ‌لپ غذا می‌خورد. او به سینی غذایش دست نزده؛ اصلاً به خاطر نمی‌آورد کِی میهماندار غذا آورده. می‌ترسد حرکت کند. می‌ترسد دهانش را بجباند. می‌ترسد حتی آب بخورد و هواپیما از آهن است و آهن سنگین است و می‌تواند بیفتد.

کجا هستند؟ بیرون ظلمات است و آن پایین خیلی دور تک‌وتوک چراغ‌هایی روشن. نور چراغ‌ها حالش را بهتر می‌کند. زندگی هر چند دور اما قابل دیدن است.

نمی‌خواهد نگاهش را از بیرون بردارد. نمی‌خواهد ببیند که با جمعی در یک جعبه آهنی، آن هم توی آسمان نشسته‌اند، جعبه‌ای که نه دری دارد و نه پنجره‌ای. پنجره‌ای که بتواند از آن بیرون بپرد و خودش را به جای امنی برساند.

تلویزیون دوباره روشن می‌شود. تا نشان دهد که کجای دنیا در حرکتند.

«روسری، روسریتو در بیار، داری به مرز نزدیک می‌شی.»

«تو آسمون که مأمور منکرات نداشتن.»

«اتفاقاً همه چی از آسمون شروع می‌شه.»

زبانش را گاز می‌گیرد و زیر لب می‌گوید: استغفرالله.

استغفرالله را غلیظ‌تر از زن همسایه زمینی‌اش می‌گوید. توی ذهن یکی پقی می‌زند زیر خنده. اعتنایی نمی‌کند با تکانی که هواپیما می‌خورد به چاه جمکران دخیل می‌بندد.

«ولی خودت گفتی...»

خودش هیچ نگفته. حتی اگر گفته باشد هم بعد از این نمی‌گوید.

«ببین کسی که خودش ته چاهه چطوری می‌تونه به تو کمک کنه؟»

می‌خواهد فریاد بزند از دست زن جامانده در فرودگاه، می‌خواهد گیس او را بگیرد و بکشد.

«اِهه، من که گیس ندارم...»

گردن سیخ شده‌اش را می‌چرخاند.

خدا را شکر چقدر نزدیک شده‌اند...

حالا روسری‌ها از توی کیف‌ها روی شانه‌ها می‌نشینند و از روی شانه‌ها روی کله‌ها می‌پرند و تلویزیون تبلیغ آبجو می‌کند. چشمش را می‌بندد که نبیند. گره روسریش را محکم می‌کند.

«دو ساعت دیگه وقت هست چرا روسری سرت کردی.»

اعتنایی نمی‌کند.

«سردته.»

سردش است. دو تا پتو از میهماندار گرفته و هنوز می‌لرزد. تلویزیون دوباره می‌رود روی صفحه اطلاعات. می‌خواند که چقدر راه آمده‌اند و چقدر راه مانده. حالا باید روی تبریز باشند. دریاچه ارومیه را می‌بیند.

«ارومیه پر از تاکستان است.»

گوش نمی‌دهد و چشمانش را می‌بندد. کافه‌ها تمام کافه‌ها و تمام شیشه‌های نوشیدنی رنگارنگ می‌آیند و ردیف پشت پلک‌هایش می‌ایستند. وحشت‌زده چشمانش را باز می‌کند. تقلا می‌کند که شیشه‌های نسکافه یا قهوه را به یاد بیاورد. اما بطری‌های رنگارنگ

شراب و ویسکی و ودکا، با بد جنسی می‌آیند و و جلوش رژه می‌روند.

«من که نخوردم. خوردم؟»

خلبان می‌گوید که در آسمان ایران‌اند و تا بیست دقیقه دیگر در فرودگاه مهرآباد به زمین می‌نشینند.

نسیمی انگار می‌آید. باد شمالی، نفسی تازه می‌کند.

توی دلش می‌گوید انشاالله و کمی جابه‌جا می‌شود.

«فرود آسون‌تره.»

«چون خرد و خاکشیری، چون نمی‌تونی بیشتر بترسی.»

نگاهش نمی‌کند.

و هواپیما ارتفاع کم می‌کند. چشم به صفحه تلویزیون می‌شمارد، پنج تا پنج تا کم می‌شود. سرعت و ارتفاع و تا زمانی که چراغ‌ها را می‌بیند، شهری درندشت و بی‌قواره.

هواپیما که به زمین می‌نشیند، نفس بلندی می‌کشد. خسته به صندلی تکیه می‌دهد و چشمانش را می‌بندد تا آخرین نفری باشد که وسایلش را برمی‌دارد و از پله‌های هواپیما پایین می‌رود.

در قسمت بازرسی گذرنامه توی صف می‌ایستد.

«رسیدیم به گیرنامه.»

«مزخرف نگو؛ خودت این وقت شب حاضری بیای سرِ کار؟»

«برای اینکه سرکار را سرِ کار بذارم؟»

گوش نمی‌دهد.

توی کابین‌ها زنان چادری نشسته‌اند.

«طفلکی‌ها این وقت شب باید سرِ خونه و زندگی‌شان باشند.»

با هر قدم که برمی‌دارد انگار به منطقه یخ‌بندان نزدیک می‌شود. دندان‌هایش آشکارا بهم می‌خورند.

«اگر از همین جا یکراست...؟»

پاسپورتش را می‌دهد. کامپیوتر می‌رود روی اسمش و مهر می‌خورد

توی گذرنامه؛ نفس رها می‌شود. آهی می‌کشد.

«حق نگه‌دارتان.»

حق را از ته گلو گفته مثل زن همسایه.

پاسپورت را که می‌گیرد زنی که او را توی فرودگاه جا گذاشته ساکش را برمی‌دارد.

«تو که نفله‌ای بذار این بند و بساط رو من ببرم.»

بیرون از فرودگاه زنی که همیشه توی فرودگاها جا می‌ماند تاکسی‌ای می‌گیرد. کوله‌پشتی اسپایدرمن؛ ساک دستی و چمدانش را بار می‌زند؛ توی تاکسی می‌نشیند و زن توی هواپیما را پرت می‌کند بیرون و به راننده می‌گوید:

ـ سعادت‌آباد... آقا.

نگارش اول: تهران دوشنبه ۳۰ آذر ماه ۱۳۸۳

بازنویسی نهایی: هندرسن ۲۰۱۲

رودخانه‌ای پر از قلوه سنگ

کاترین منسفیلد اخم کرده بود و نشسته بود روی مبل، وقتی در را باز کردم و با دوازده کیلو بادمجان وارد خانه شدم. کاترین تا مرا دید پا روی پا انداخت و لب ورچید. گفتم: «معذرت... مجبور شدم توی صف بایستم. تره‌بار شلوغ بود.» جوری نگاهم کرد که انگار نمی‌دانست تره‌بار کجاست. گفتم: «کاترین فصل، فصل ترشی است. تره‌بار پُر از زن است؛ زنانی که توی صف بادمجان به هم بد و بیراه می‌گویند و مثل گربه به صورت هم خنج می‌کشند.» سیلویا پلات که پشت میز نهارخوری نشسته بود و می‌نوشت سرش را تکان داد و نچ‌نچ‌کنان گفت: «وای، چهار ساعت از وقتت هدر رفت.»

هیچ‌کدام بلند نشدند تا به من کمک کنند کیسه‌های پر از بادمجان را بیاورم توی آشپزخانه.

ویرجینیا وولف توی آشپزخانه گیج دنبال کبریت می‌گشت. گفتم: «وای هنوز پیدا نکردی؟» فندکم را از جیبم درآوردم و سیگارش را روشن کردم. نگاهم کرد، بی‌آنکه بگوید مرسی و یا گله کند که این همه

وقت چرا او را گذاشته‌ام و رفته‌ام.

بادمجان‌ها را ریختم توی طشت پلاستیکی بزرگ و چاقوی تیز آشپزخانه را برداشتم و رفتم توی سالن نشستم روبه‌روی کاترین منسفیلد روی زمین. کاترین افتاده بود به سرفه. دستش را به سینه‌اش می‌فشرد و صورتش سرخ شده بود. گفتم: «دخلت آمده کاترین.» سیلویا گفت: «یک لیوان چای اگر به او بدهی.» گفتم: «ای وای به هیچ‌کدامتان چای نداده‌ام؟ تمامش تقصیر این بادمجان‌هاست.» و با چاقوی تیز آشپزخانه زدم یکی از بادمجان‌ها را جروواجر کردم. ویرجینیا حالا آمده بود و نشسته بود روی پاگرد پله‌ها و سیگار می‌کشید. گفتم:

«ویرجینیا دود سیگارت...»

این‌جا نبود. به پنجره نگاه می‌کرد. و من باید بلند می‌شدم. کاری داشتم، کاری که هیچ ربطی به بادمجان‌ها نداشت. بادمجان‌های قلمی سیاه، گاهی بنفش. صدای سیلویا پلات خیلی جوان نبود: «برای من قهوه لطفاً.» و کاترین که خاک بر سرش باشد یا نباشد میان خس خس سرفه‌هایش گفت:

«توی بساط تو غیر از بادمجان چیز دیگری نیست؟»

می‌خواستم نعره بزنم و بگویم: این بادمجان‌های قلمی توی بساط همه‌ی ما هست، همه‌ی ما. اما آرام گفتم: «باور کنم که تو هیچ علاقه‌ای به بادمجان نداری؟» گفت: «هیچ زنی نیست که طشتی نداشته باشد و یک چاقوی تیز... اما حالا دلم چیز دیگری می‌خواهد.» گفتم: «مثلاً چه؟» جام خیالی‌اش را بلند کرد. خندیدم و گفتم: «خیال می‌کنی اینجا لندن است؟» و رفتم تا برایشان چای و قهوه بیاورم.

قهوه را که جلوی سیلویا گذاشتم، ویرجینیا بلند شد و آمد و ایستاد پشت پنجره. صدایش منگ و دور بود:

«توی محله شما رودخانه‌ای؛ دریاچه‌ای نیست؟»

دستش را گرفتم و آوردم کنار خودم نشاندمش و اولین بادمجان را

برداشتم که پوست بکنم. کاترین به عکس روی دیوار نگاه کرد و گفت: «چه شوهر گردن‌کلفتی داری...» ویرجینیا بهت‌زده نگاهش کرد و انگار با خودش حرف بزند گفت:

«He is allways between me and...»

سیلویا گفت: «اگر چاقو داری من هم بیایم کمک.»

چاقوی تیزی دادم دستش. او هم حالا نشسته بود کنار من و ویرجینیا. کاترین اما از جایش تکان نخورد. فقط رو به من و زیر لب گفت: «گندت بزنند...»

گفتم: «جیک جیک مستون.»

دوباره گفت: «گندت بزنند.»

و به سرفه افتاد.

گفتم: «مقصودم مورچه همسایه است.»

جوابم را نداد. جام خیالی‌اش را سر کشید. نمی‌خواستم دلخور شود. گفتم: «همه این کارها را می‌کنم که یه وقتی خانم مورچه نگوید وقتی جیک جیک مستونت بود فکر زمستونت نبود.»

بعد گفتم: «این بادمجان‌ها از ورامین آمده هسته ندارد و تلخ نیست؛ زمستون بادمجان‌های بدی دارد.» کاترین پوزخندی زد، یکی از بادمجان‌ها را که دراز و قلمی و سیاه بود از توی طشت درآورد و گفت: «بادمجان هم زمستان و تابستان دارد؟»

با صدای پای پسرم سر چرخاندم؛ بالای پله‌ها ایستاده بود: «مامان، پس لواشک چی شد؟»

تازه یادم آمد که کیسه آلو را پشت در جا گذاشته‌ام.

از رنگ آلو سیلویا پلات دستپاچه شد. کاترین بادمجان دراز و سیاه قلمی را روی میز گذاشت و دانه‌ای آلو میان انگشتان باریک و بلندش گرفت و گفت: «رنگ شراب.» و ویرجینیا خسته و بیزار به آلوها نگاه کرد. گفتم: «باید برای پسرم لواشک درست کنم. پاییز و زمستان بچه‌ها

لواشک می‌خورند و من نمی‌خواهم پسرم از فروشگاه لواشک بخرد بهداشتی نیست.»

سیلویا دلتنگ نگاهم کرد. کاترین گفت: «سیلویا غصه ندارد، حالا اگر نیکولاس لواشک نخورد می‌میرد.»

پسرم گفت: «مامان بازم می‌گی نیکولاس.»

گفتم: «صبح کله سحره؛ برو بخواب.»

گفت: «خودت گفتی صبح لواشک می‌سازی.»

گفتم: «می‌سازم حالا تو برو بخواب.»

گفت: «خیال کردم مهمون اومده.»

گفتم: «برو بخواب.»

گفت: «شرط.»

«بگو.»

«لواشک رو به بابا ندی.»

«قبول.»

پسرم که رفت گفتم: «خانم‌ها آروم حرف بزنین.»

سیلویا با حسرت به بالای پله‌ها نگاه کرد و گفت:

«من نتونستم.»

گفتم: «نخواستی.»

کاترین گفت:

«هیچ زنی که زن باشه، دنبال یه الف بچه راه نمی‌افته.»

ویرجینیا گفت:

«ما هرگز نمی‌تونیم بفهمیم.»

کاترین جام خیالی شرابش را جوری سرکشید که انگار دارد شراب شیراز می‌خورد:

«من با یه کشتی تفریحی می‌خوام برم سفر.»

کاترین سرش را با کرشمه تکان می‌داد و چشمانش خمار شده بود.

گفتم:

«منم با کشتی سفر کردم اما تفریحی نبود.»

گفت:

«اگر تفریحی بود هیچ وقت لواشک درست نمی‌کردی.»

ویرجینیا گفت: «همه ما سوار یه کشتی هستیم که تفریحی نیست.»

گفتم:

«وای داشت یادم می‌رفت... لواشک.»

سیلویا خندید و گفت:

«خیلی دلم می‌خواد ببینم چطوری درست می‌کنی.»

گفتم:

«بیا تو آشپزخونه.»

ویرجینیا گفت:

«اتاق کارت بالاست؟»

کاترین خندید و آشپزخانه را نشان داد.

«اتاق کارش اینجاست.»

ویرجینیا حالا کُند و خسته از پله‌ها بالا می‌رفت. سیلویا گفت:

«ویرجینیا سروصدا نکنی پسرک بلند می‌شه.»

ویرجینیا گفت:

«نه من فقط به یک جمله فکر می‌کنم.»

کاترین گفت:

«به کشتی تفریحی فکر کن.»

سیلویا گفت:

«لواشک چی شد؟»

ویرجینیا همان‌طور که از پله‌ها بالا می‌رفت برگشت به طشت پر از بادمجان نگاه کرد و با بیزاری گفت:

«اول آن‌ها را لت و پار کنین.»

کاترین گفت:

«من بادمجان خودم را پاره نمی‌کنم.»

سیلویا گفت:

«دلم می‌خواهد ببینم چه رنگی می‌شود و آلوها را نشان داد.»

سیلویا تمام مدت که آلوها را می‌شستم و توی دیگ می‌گذاشتم تا روی شعله اجاق بپزد کنار من بود. کاترین از جایش تکان نخورد. فقط با موزیک ملایمی که از ضبط پخش می‌شد خودش را توی مبل تکان می‌داد و سرفه می‌کرد.

سیلویا گفت: «همین جور پیش بره می‌میره.»

گفتم: «کی نمی‌میره؟»

گفت: «تو نمی‌میری.»

گفتم: «ولی تو مُردی.»

گفت: «خودم کردم.»

گفتم: «ویرجینیا هم...»

گفت: «انگار درست شده نگاه کن چه رنگی گرفته...»

وقتی آلوهای آب شده را روی سینی ریختم تا پشت پنجره زیر آفتاب بگذارم، در زدند.

خانم مورچه بود. خندان گفت: «صبح لواشک درست کردم بیا بچش ببین چی شده.»

چشیدم و گفتم:

«چطور به این سرعت؟»

گفت: «با سشوار. اگر چهار ساعت سشوار روی آلوچه‌ها بگیری خیلی زود عمل میاد.»

کاترین گفت: «من می‌خوام موهامو سشوار بکشم.»

از صدای سشوار ویرجینیا پایین آمد.توی دستش فانوس دریایی بود.گفتم: «وای کی ترجمه شده؟» جوری نگاهم کرد که انگار به یک

قلوه‌سنگ نگاه می‌کند.

کاترین مانسفیلد گفت: «خیزابه ها کجاست؟»

ویرجینیا گفت: «همه‌مان ته رودخانه یخ می‌زنیم.» و جوری آه کشید که گونه‌هایم سوخت. بعد مثل شبح کنارم ایستاد و روی سرشانه‌هایم دست کشید. کاترین قاه‌قاه خندید. یعنی فقط به خاطر مستی بود؟ مستی و راستی؟

سیلویا گفت: «کسی به لواشک قاه‌قاه نمی‌خندد.»

ویرجینیا گفت: «به زندگی چطور؟»

گفتم: «من می‌خواستم کاری کنم کاری که ربطی به لواشک نداشت.»

سیلویا گفت: «من هم اگر بوی گاز می‌گذاشت برای نیکولاس لواشک درست می‌کردم.»

کاترین گفت: «میان گاز و لواشک فاصله‌ای نیست.»

ویرجینیا گفت: «میان ما و قلوه‌سنگ.»

نگاه کردم دیدم ویرجینیا چیزی را توی جیبش پنهان می‌کند. کاترین دوباره می‌خندید:

«مست بود کاترین. و من به روی خودم نیاوردم که می‌دانم ویرجینیا تکه‌ای از مرا کنده تکه‌ای از قلوه‌سنگ مرا...»

و سیلویا دستش را دراز کرده بود برای لواشک.

تکه‌ای از لواشک را کندم و به سیلویا دادم. گفت: «از طعم گاز بهتر است.»

کاترین گفت: «رنگ شراب است ولی نمی‌ارزد.»

ویرجینیا آه کشید: «تو هم با من به رودخانه می آیی؟»

گفتم: «نه باید به یک جمله فکر کنم.»

پسرم دوباره آمده بود بالای پله‌ها.

«مامان لواشک حاضره؟»

گفتم: «نه.»

گفت: «پس من حالا چکار کنم؟»

گفتم: «بازی.»

«با کی؟»

«با خودت.»

گفت: «با خودم هم می‌تونم حرف بزنم.»

گفتم: «بزن.»

بدو رفت توی اتاقش.

ویرجینیا برگشت از کنار پنجره و آمد بالای طشت ایستاد. با نوک پا زد به طشت، تیز و بیمار به بادمجان‌ها نگاه کرد و گفت: «به من چاقو بده.» یک چاقوی دیگر از آشپزخانه آوردم. ویرجینیا نشست و شروع کرد به لت و پار کردن آنها جوری به بادمجان‌ها چاقو می‌زد که انگار دارد پرچم مردی را تکه پاره می‌کند و بعد سیلویا هم کنار من نشست و شروع کرد به چاقوزدن به بادمجان‌های سیاه و باریک و بلند.

کاترین گفت: «من نه؛ من به شما کمک نمی‌کنم.»

صدای پسرم گفت: «مامان طشت پاره شد.»

کاترین گفت: «من که گفتم، گفتم که یه طشت پاره پوره به درد هیچ‌کس نمی‌خوره.»

گفتم: «به درک.»

کاترین گفت: «من نه؛ من بادمجان خودم را نگه می‌دارم.»

ویرجینیا گفت: «من فقط به یک جمله فکر می‌کنم.

«He is always between me and...

و من زدم با چاقو طشت و بادمجان‌ها را با هم تکه تکه کردم و می‌کنم و باز می‌کنم.

نگارش اول: تهران شهریور ماه ۱۳۸۲

بازنویسی نهایی: هندرسن ۲۰۱۲

The Shipwrecked | Moniro Ravanipour

Cover & Layout: Kourosh Beigpour | www.kbstudio.net
ISBN: 978 - 0 - 9979633 - 1 -1

Moniro Ravanipour

The Shipwrecked